魔幻偵探所

47

失蹤飛機歸來了？

關景峰 著

新雅文化事業有限公司
www.sunya.com.hk

魔幻偵探所
人物介紹

南森

身分：魔幻偵探所創辦人、領頭羊

年齡：120歲

畢業學校：斯塔福德學院（伏魔系）

學位：博士

捉妖經驗：108年，獲得「捉妖能手」、「怪獸剋星」等稱號

性格：遇事鎮定、善於思考，生氣時聽到幾句好話氣就消了

最具殺傷力的武器：
顯形粉、捆妖繩、無影鋼鐵牆

海倫

身分：魔幻偵探所成員，南森的得力助手

年齡：13歲

畢業學校：劍橋大學（法術系）

學位：學士

捉妖經驗：1 年

性格：開朗、遇事觀察細緻，吵架時總讓着本傑明

最具殺傷力的武器：捆妖繩、凝固氣流彈

本傑明

身分：魔幻偵探所實習生

年齡：11 歲

就讀學校：牛津大學（捉妖系）

捉妖經驗： 3 個月

性格：聰明淘氣、遇事毛躁

最厲害的戰術：非常規戰術

派恩

身分：魔幻偵探所實習生

年齡：10 歲

就讀學校：倫敦大學魔法學院
（反幽靈技術系）

捉妖經驗：1個月

性格：聰明活潑，非常好勝，有時
候喜歡誇誇其談

保羅

身分：魔幻偵探所機械狗

年齡：100 歲

工作能力：無所不知的電腦資料
庫，善於用百分比分析事物

性格：異想天開、調皮、懶惰

最喜歡的食物：潤滑油

最具殺傷力的武器：追妖導彈

特級裝備

捆妖繩

能夠對準魔怪迅速旋轉收縮，將它捆緊綁實，繩子一旦落到魔怪身上，就像嵌入肉裏，魔怪越掙脫綁得越緊，當然放繩子時可要放得準才行。

無影鋼鐵牆

這堵牆其實就是氣流，它把氣流變成了無影無形的鋼鐵牆壁，能將敵人困在其中，衝不出去。

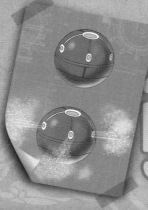

顯形粉

這是一種非常神奇的粉末，即使魔怪偽裝、隱形了也完全能顯現出它的原形。對了，「顯形」就是「現出原形」的意思！

裝魔瓶

能把魔怪收進裏面，使其在三天內化成清水的神奇瓶子。即使魔怪身形再龐大，也能收進瓶內。

幽靈雷達

能夠準確測定氣流存在的方位，並及時發出警報的裝置。它能跟蹤、測定魔怪在哪裏。不過，如果魔怪的魔力非常強，幽靈雷達有時候也可能測不到，它的更強大的功能還有待你去改進！

追妖導彈

能夠自動尋找魔怪，進行智能追蹤的導彈，這種導彈威力比較大，一般魔怪根本抵抗不了。

魔幻偵探開始行動！

目錄

第一章　機場塔台

「塔台，塔台，漢莎航空M521航班已準備就緒，請求起飛……」紐卡素國際機場的航空交通管制中心一號指揮台的對講器裏，傳來機長的聲音。

「漢莎航空M521航班，可以起飛。」指揮塔台空管員穆森看着監控器，漢莎航空M521航班正在靜候起飛指令，「祝一路平安。」

「收到，漢莎航空M521航班現在起飛。」對講器裏，機長説道。

穆森送走了這個雨夜的最後一架起飛航班，過一會，還有兩架飛機降落，不過那是十五分鐘以後的事了，所有起降飛機的位置和航線，都清晰地顯示在他面前的圓形雷達熒幕上。穆森看了看熒幕，那兩架飛機一前一後，正在平穩地飛過來。

塔台外，小雨還在輕輕地飄落，夜晚的機場，除了飛機起降時，都顯得那麼的安靜。遠處點點的燈光，映射進塔台，伴着雨水的聲音，倒是像一幅風景畫。

穆森站起來，走到一張枱旁，沖了一杯咖啡，他看了看身後指揮台坐着的塔台指揮長哈利克，點了點頭。

「來一杯？」穆森問道。

「謝謝，剛喝過了。」哈利克笑了笑。

穆森端着杯子，回到了自己的位置。外面的雨繼續下着，他又看了看外面，隨後抿了一口咖啡。他看了看雷達熒幕上的時間，十一點四十分，馬上就要進入新的一天了。

雷達熒幕上，有很多亮點，那都是正在空中飛行的飛機，外人看上去當然只是一些亮點，但作為一個工作了十五年的資深空管員，穆森清楚這些亮點所反映的一切資訊。現代化的技術，也在這些亮點旁邊注明了飛行編號，只要把這些編號輸入到操作台上的飛行文檔條目中，這架航班所有的資訊都會立即出現在另外一個熒幕上。

穆森放下杯子，看着熒幕，靜候十一分鐘後就要在機場降落的飛機，那是一架從法國飛來的航班。

忽然，穆森盯住了一個亮點，那個亮點的移動速度非常快，它快速地劃過雷達熒幕，亮點的旁邊，顯示着一組數字——PR319。

「啊——」穆森叫了起來，他皺着眉，緊緊地盯着那

組數字，他想起了什麼，隨後在操作鍵盤上輸入了那組數字，並且按下了確認鍵。

雷達熒幕旁的一個小的顯示幕上，出現了文字——PR319，龐巴迪75型飛機，起飛地伍勒機場，目的地伊普斯維奇機場，2011年2月16日下午三點起飛，半小時後在高沼國家森林公園區域失蹤，機上有三人。

「哈利克先生——哈利克先生——」穆森激動地大叫起來，「那架失蹤的飛機，出現了——」

穆森身後總指揮台的哈利克先是一愣，隨後跑出指揮台，來到穆森身邊。穆森指着那個亮點，亮點仍在快速地移動着。

「PR319，不就是十年前失蹤的那架私人飛機嗎？」哈利克也很激動，他看着熒幕上的文字提示，身體都有些抖了，「那天下午也是我們值班。」

「沒錯，那天也下雨。」穆森緊緊地握着拳頭，「它在天上飛了十年嗎？怎麼突然又出現了？」

「穆森，鎖定它。」哈利克提醒地説。

「完全鎖定了。它的信號來自於機身上的飛行記錄儀。」穆森連忙説，「看它要去哪裏？現在正在向西北方向移動……我來呼叫它……它的識別號、呼號……啊，在

這裏……」

「我去通知航空管理中心，還要報警，那架飛機失聯十年了。」哈利克說着向自己的座位跑去。

「……PR319，PR319，我是紐卡素國際機場塔台，聽到請回答，聽到請回答——」穆森拿起對講機，開始急促地呼叫。

對講器裏，一片寂靜，沒有任何回答聲。

「聽到請回答，PR319，你聽到了嗎？請回答，請回答。」穆森繼續呼叫着，眼睛則緊緊地盯着雷達熒幕。

對講器裏還是一片寂靜，穆森有預感得到回覆的可能性很小，但是他一定要嘗試聯繫。

「PR319，聽到請回答……」穆森繼續盯着雷達熒幕，呼喊着，但是對方毫無反應，穆森拿着對講機的手暫時放下，「有問題，一定有問題，噢。它的速度更快，龐巴迪私人飛機可沒有這個速度。」

「航空管理中心現在也鎖定這架飛機了——」哈利克喊了起來，「它跑不掉了——」

「……它消失了，消失了——」穆森盯着雷達熒幕，忽然，有些絕望地大叫起來，「哈利克先生，看不到它了——」

雷達熒幕上，那個亮點飛行到博多國家森林公園上空後，突然不動了，過了幾秒後就完全消失了。穆森操縱着儀器，並用雷達反覆搜索消失地區，但是怎麼也找不到那架飛機的位置了。

「怎麼消失了？」哈利克飛奔過來，站到穆森身後，「消失在哪裏了？」

「這裏……」穆森指着雷達熒幕，「西經2度45分51秒，北緯55度15分2秒，就是這裏。沃克鎮西北面。」

「是墜機嗎？」哈利克問，他顯得極其緊張。

「不像是，先是靜止了十秒，隨後一下就不見了。」穆森説道，「就和它突然出現一樣。」

「我和航空管理中心聯絡一下，他們也關注着這架飛機呢。」哈利克走向自己的座位，「還要通知沃克鎮警方和搜救大隊，直接去飛機消失地點。」

「這是怎麼回事呢？」穆森在熒幕前自言自語起來，他皺着眉頭，手似乎都不知道往哪裏放了。

穆森有些痛苦地回憶着十年前的那個下午，這架飛機也是那樣，忽然消失在了雷達熒幕上，這種私人商旅飛機都安裝了飛行記錄儀，能發出位置信號，方便航空部門查找，可兩次都一樣，飛機消失後，飛行記錄儀也隨即不再

發出任何信號。十年前那架飛機消失後，消失地的警方進行了五天的搜索，一無所獲，最後航空管理中心只能宣布這架飛機失蹤。當時飛機上有三人，駕駛員肖恩，金融家康特爾，以及他的助理魯本，飛機是康特爾的，他們從伍勒機場起飛，飛往伊普斯維奇機場，結果消失在北約克高沼國家森林公園。

第二章　奇怪的事

倫敦，魔幻偵探所。

海倫一直在抱怨，本傑明和派恩越來越不好伺候了，她早上做了水果布丁，請大家出來吃。結果本傑明和派恩就是不肯放下手中的遊戲操作手柄，本傑明和派恩在電腦熒幕前激烈地搏殺着，他們各自駕駛一架戰鬥機，派恩的飛機已經中了本傑明發射的一串子彈，就要被擊落了。

「早上起來就玩遊戲，做好點心，請他們吃，連答應一聲都不肯。」海倫說着把一個盤子送到餐桌旁的南森面前，「他們這兩個玩遊戲的好像比我這忙了一早的人還要累，難道要把食物塞到他們嘴裏嗎？」

「我們自己吃。」南森笑了笑，「他們玩一會就出來了……」

「你總是袒護他們，這些天他們每天都玩遊戲到很晚……」海倫繼續抱怨着。

「啊——你被擊落了——」本傑明興奮的聲音傳了出來，「三比一，你又被擊落了，剛才要不是我大意，被你

偷襲了一次，那就是四比零了，哈哈哈，你可真笨……」

「海倫——」派恩有些氣惱地從房間裏衝了出來，他身後的本傑明顯得得意洋洋，「以後我玩遊戲的時候，不要打擾我，做事情要專注，你看看，你剛才一喊，我被擊落了。」

「哈，你居然埋怨我？」海倫瞪大眼睛，「我辛辛苦苦給你們做吃的，你還埋怨我？布丁不給你吃。」

「要吃，算是你的補償。」派恩説着搶過一個放着布丁的碟子。

「不要忘了我的潤滑油。」保羅在餐桌旁走來走去的，「我也要補充能量了。」

突然，南森的手機響起一陣鈴聲，他連忙去接電話。

「啊哈——我們要忙起來了——」保羅抬頭看着吃布丁的幾個小助手，「總是這樣，平靜的生活被不平靜打破。」

「老保羅，我覺得你現在説話越來越像是一個現代派詩人。」本傑明很有感觸地説。

這時，南森放下手機，走了過來。

「一會有一位諾森伯蘭郡的警官要來。」南森向小助手們發出了通告，「他先找到了魔法師聯合會，魔法師聯

合會介紹他過來……一件魔怪的案件，有些棘手。」

「噢，諾森伯蘭郡，那裏有很多森林，再向北就是蘇格蘭了。」派恩眨眨眼，「魔怪出來害人了嗎？」

「大概和一架飛機有關，一架失蹤很久的飛機前天出現後又失蹤了。」南森説。

「派恩，你被擊落的飛機掉在那裏了。」本傑明大叫起來，嘲弄地看着派恩。

「嚴肅，嚴肅。」海倫看着本傑明，「有案件了，要嚴肅對待，不要亂開玩笑。」

「管家婆。」本傑明不滿意地小聲説。

十多分鐘後，門鈴響了，海倫去開門。門打開後，一個身材高大的警官站在門口，從他的警銜看，他是一名高級督察。海倫連忙讓警官進來，警官看到了南森，伸出了手。

「我是諾森伯蘭郡沃克鎮警察局的副局長沃克。南森先生，久仰大名了。」

南森連忙握手，沃克警官的手很有力。

「沃克鎮的沃克警官？」派恩想了想，發現了一個小奧妙。

「對，事實上我們沃克鎮很多人都姓沃克。」沃克警

官笑了笑，「噢，你是派恩，我知道你。」

「是嗎？我有點名氣，那也是因為站在巨人肩膀上。」派恩假裝不好意思，「啊，你請坐，另外兩個人不需要知道是誰了，我們先談工作，你有重要的事。」

沃克對海倫和本傑明淡淡一笑，隨後坐在沙發上，會說話的茶几立即端出一杯咖啡，沃克這時有些拘謹了，他也不知道該不該對着茶几道謝。

大家都坐好，南森他們看着沃克。沃克也變得嚴肅起來，他先是看了看保羅，隨後拿出一個筆記本。

「噢，這是我的備忘錄。」沃克看了看筆記本，「我們最近遇到了一件比較麻煩的事，有一架私人飛機，曾經在十年前，從我們沃克鎮東幾十公里的伍勒鎮機場起飛，私人飛機是金融家康特爾的，伍勒鎮是他的老家，他在那裏有一所大房子，周末或者假日經常住在那裏，當時他從伍勒鎮的小機場起飛，要飛到倫敦旁的伊普斯維奇市去，他平常居住的家和公司都在那裏，結果沒有飛多久，飛機就失蹤了，搜救隊找到今天也沒有找到。」

「飛機失蹤原因？」南森問道，「沒有找到飛機，判斷也行。」

「可能是天氣原因。」沃克警官說，「飛機失蹤地點

19

有雷暴區，風也很大。」

「明白了，你繼續説。」南森的手比劃了一下。

「這架飛機，前天晚上，居然突然出現在雷達熒幕上，不過出現了不到五分鐘就消失了，消失地區是我們沃克鎮西北十多公里的博多國家森林公園。當時距離這架飛機最近的紐卡素國際機場的塔台發現並跟蹤了這架飛機，恰好十年前跟蹤這架飛機的，也是紐卡素國際機場的塔台，空管員都沒有變，只是年長了十歲，而且這次和當時的天氣都不好，都在下雨。塔台呼叫了這架飛機，但是沒有回答。」

「那麼這次的失蹤原因呢？」南森問道。

「完全不知道了，判斷上也毫無頭緒。」沃克搖着頭説，「搜索在當夜就展開了，我們有飛機失蹤地點的詳細座標，但是一無所獲，當夜有雨，但是不大，飛機消失上空沒有雷暴區，只有一些積雨雲，不會對飛行造成什麼影響。」

「那麼沃克警官，這件事的確離奇，失蹤十年的飛機重新出現。」南森説着認真地看着沃克，「但僅憑這一點，好像不能因此判斷就是魔怪作案吧？你們為什麼要找我們呢？」

「失蹤多年的飛機又出現，的確不能判斷是魔怪作案，原因可能有很多，但是……」沃克的語氣加重了，「飛機失蹤的具體地點，就是博多森林公園的福爾斯通山的主峯山頂，那裏最近連續有魔怪事件出現，都是登山遊客報警，説是在山頂那裏的密林裏，看到了人形的魔怪，魔怪外形還散着光，一下就不見了。如果接到一宗這樣的報告，也許是某個遊客看錯了，甚至是幻覺，但是我們接連收到了四宗這樣的報告，這當然引起了我們的重視，我們的警員過去查看過，還升起無人機在主峯的山頂上查看，但是沒發現什麼，正要向紐卡素魔法師聯合會報告這件事的時候，那架飛機就消失在福爾斯通山了，我們覺得這不是巧合，乾脆就來找你們，我們認為那裏隱藏着魔怪。」

「飛機失蹤地點和遊客發現魔怪地點是一個地方？」南森關注地問。

「是的，塔台雷達座標顯示的飛機失蹤點就在森林公園裏的福爾斯通山，遊客發現魔怪的地方，也在那裏。」沃克警官點着頭説。

「這樣説來……」南森看了看幾個小助手，「我們魔法偵探，最不想信的就是巧合……老伙計，現在就訂

機票。」

　　大家立即忙碌起來。他們的旅行箱，是永遠放置着隨身必需品，提起來就走的。

　　保羅訂到了下午的機票，南森他們到達了紐卡素的時候，已經是晚上了，沃克鎮警方派車接他們去鎮上的旅館，沃克警官全程陪着他們，因為天色已晚，他們決定明天在沃克警官的帶領下去福爾斯通山勘查。沃克鎮就在福爾斯通山脈的腳下，福爾斯通山是一座連綿的山系，不算大，也不算高。黑夜之中的行車，南森他們只能依稀判斷汽車開進了山裏。在酒店門口下車後，他們向四處望着，也只能看見黑乎乎的山形。

　　保羅很是認真地向周圍的羣山發射了很多束魔怪探測信號，當然沒有什麼收穫，最後，他被當做玩具狗抱着進了旅館。他們被安排在一個大套房裏，南森放下行李，喝了點水，就坐在客廳的桌子前研究起資料來，有關PR319航班的所有飛行資訊，以及此次事件的報告，還有福爾斯通山搜索報告、疑似魔怪的目擊報告，全都放在了桌子上。

　　海倫他們放下行李後，也都來到桌子邊，看起了資料。事情的大概過程，他們都了解了，但是很多細節，尤

其是目擊魔怪的報告，他們還不是很清楚。

　　「十年前的飛機從伍勒鎮機場起飛後，在北約克的高沼國家森林公園失蹤，這次再次出現，並沒有飛回伍勒鎮，而是向該鎮西北方向飛去，為什麼沒有回伍勒鎮呢？」南森說着放下一張飛行航線圖，像是自言自語。

　　「這次起飛，也是從高沼國家森林公園出發的嗎？就是飛機失蹤的地方。」海倫問道。

　　「根據航空管理中心雷達的發現，就是從當年的失蹤地起飛的，不過說起起飛……」南森說着頓了頓，「那個森林公園裏可沒有機場，這架私人飛機也沒有垂直起降功能，它『呼』的一下就那麼出現在了雷達熒幕上，然後又『呼』的一下消失了。」

　　「博士，當年它失蹤的地方是森林的一個小丘，那裏還有一個湖，叫帕丁湖。」本傑明拿着一份資料，「這個小丘區域沒有機場的。」

　　「是呀。」南森點點頭，「這是一架很奇怪的飛機，奇怪地失蹤，再次出現就更奇怪了，最後還奇怪地再次消失。」

　　「明天我們去福爾斯通山的主峯峯頂看一看，就全明白了。」派恩很是信心滿滿地說，「那個山頂是突立起來

的，遊客根本上不去，警方也是派了無人機去看了看，我們能上去。」

「希望能發現些什麼。」南森若有所思地說，他看了看小助手們，「你們累不累？不用都在這裏，該休息就去休息，明天一早沃克鎮的沃克警官就來接我們去。」

「真想現在就去。」海倫不無遺憾地說，「可惜天黑了，要是真有魔怪，沒發現它之前我們也許先被發現了。」

「好在都是目擊報告，並沒有魔怪攻擊人類事件發生。」本傑明說，「就算真有魔怪，攻擊性也沒那麼強，可能它也怕自己暴露吧。」

「這個可不好說。」派恩明顯地持否定意見，「說不定什麼時候就跳出來攻擊人類呢。」

「所以我們要儘快找到他。」本傑明說着看了看桌子上攤開的地圖，「我感覺……這樣的深山密林，魔怪存在的可能性非常大。」

第三章　山頂上的搜索

第二天一早，沃克警官就開着一輛小型商旅車前來。南森他們做了充分準備，保羅滿載四枚追妖導彈，海倫還帶了四枚備用彈。他們檢查了幽靈雷達，電池滿格，功能良好。

大家上了車，向福爾斯通山駛去，他們要去的福爾斯通山的主峯，疑似的魔怪就是在那裏發現的。沃克警官說，汽車只能向前行駛五公里，就到了路的終點，剩下三公里，他們要翻越幾個小山丘後到達主峯位置。

博多森林公園，是英格蘭北部的著名國家公園，這裏山脈連綿，高木參天，很多大樹都有上千年的年齡，更有很多區域都是人類不曾涉足的。沃克警官沿着一條蜿蜒的山道把車開進了深山，到達終點後，南森他們下了車。

「我們要先去那個山丘，然後再翻越兩個山丘才能到達。」沃克把車停到了路盡頭的一個小停車場裏，停車場裏還停着兩輛車，他指着一百多米外的一座山丘說道。

「那邊的幾間小房子，是宿營點吧？」南森看到停車

場外，有幾間小木屋，問道。

「是的，這邊經常有來旅行的登山者，夏天的時候最多。」沃克回答道。

「現在還有人進山嗎？我是説去福爾斯通山主峯那裏。」南森似乎有些憂心地問。

「還是有登山者的。」沃克聽出了南森的意思，「目前僅有目擊報告，無法確定那裏真的有魔怪，所以這裏並沒有被完全封鎖起來，我們在接近主峯的地方設立了警戒哨，有人值勤，應對可能發生的事。」

「嗯，也只能這樣了。」南森説着看看不遠處的山丘，「那麼我們走吧，連翻三個山丘，要走一陣子呢。」

大家向前出發，很快就開始攀爬第一個山丘，這裏的山丘倒是不陡峭，行進起來並不困難。他們很快就翻越了第一個山丘。隨後，他們向前走了幾百米，爬上了第二座山丘，剛爬上去，兩隻小鹿就從林子裏躥了出來，嚇了走在最前面的本傑明一跳，沃克説這座山裏有很多野生動物，還有狼，不過一直都沒有發生過野獸傷害人類的事件。

他們爬到了山頂上，沃克指着北面，前面一個稍高的山丘，是第三座山丘，這座山丘後，就是福爾斯通山的主

峯了。

　　「前面那個山丘，樹好像都沒有了。」南森這時似乎對福爾斯通山的主峯不感興趣，他指着第三座山丘問，「我們這裏可是林木茂盛呀。」

「去年，那裏發生山火，把山頂燒禿了，重新覆蓋上林木要過幾年了。」沃克警官很是無奈地說。

大家向山下走去，下了這座山丘，來到第三座山丘的腳下，第三座山丘有些陡峭，他們借助着林木，吃力地攀爬着，終於爬到了很是光禿的山頂上。山頂只有一些很是稀疏、半米多高、新長出來的小樹，然後就是一些大石塊了。

「休息一會，我們休息一會。」南森擺了擺手，對氣喘吁吁的小助手們說。

大家都各自找地方坐下，只有保羅不會感到累，他在山頂上跑來跑去的。

「嗨，本傑明，我向主峯那裏發射了魔怪探測信號了，沒什麼反應。」

「目測直線距離有一千兩百米，超過了你的探測距離了。」本傑明無精打采地說，「我知道你不累，但是你就不能休息一會嗎？我看着你這樣亂跑都感到累。」

「我有我的職責，我就是要不斷搜索。」保羅搖頭晃腦地說，「嗯？主峯那裏好像有個什麼東西晃了一下我的眼睛。」

「我也一直看着山頂呢，沒什麼晃我的眼睛。」本傑

28

明説，「你好好待着，不要總是煩我。」

保羅扭了扭頭，跑到海倫身邊，和海倫説話。本傑明靠着一塊石頭，在陽光的照射下，渾身暖洋洋的，有點想睡覺。

「走啦，出發。」南森站了起來，「先下山，再爬福爾斯通山的主峯……沃克警官，幾個目擊報告都是在主峯區域發生的，對吧？」

「是的，都是接近山頂位置，一個月內發生的。」沃克點了點頭。

他們下到山腳，向前走了幾百米，終於到了福爾斯通山主峯腳下，那裏有一個帳篷，裏面有一個警員，看到南森他們走來，連忙迎了上來。

這裏就是警方的警戒哨，那個警員向沃克警官報告，早上勸走了三個登山者，他們現在去別的山峯了。

大家向前又走了幾十米，開始爬山了，這座主峯山勢倒不很陡峭，高度大概有三百多米，不過主峯的峯頂則基本上是直上直下的，大概有二十多米。南森他們爬到了主峯頂下，一路上，保羅連續發射探測信號，海倫他們也用幽靈雷達探測，都沒有發現什麼異常。

「這上面大概有四、五百平方米，有些灌木，樹木不

是很多，也不高。」沃克警官指着頭頂上的峯頂説，「我們用無人機看過幾次，把整個區域反覆觀測幾遍，沒有發現什麼情況。根據機場雷達紀錄，失蹤飛機就是在上面不見的，但是我們沒有發現任何飛機，沒有任何撞擊痕跡，殘骸也沒有。」

「魔怪目擊報告呢？」南森指着周圍問，「就在這附近嗎？」

「是的，好幾個地方，都説看見了人形的生物，一閃就不見了，這個生物還散發着微光。」沃克説着看看四周，這裏的樹木有很多。

「我們要上去看看。」南森説着看了看小助手們，「也許到了上面能遇到某個隱藏起來的魔怪。」

南森這句話，聽上去像是半開玩笑。本傑明調了一下幽靈雷達的敏感度，這時，身邊的海倫和派恩已經各唸魔法口訣，飛上了山頂。

「輕輕的我，輕輕地飄起來。」本傑明開始唸魔法口訣，隨即，他的身體開始上升。

沃克警官仰着頭，感到震驚地看着幾個飄起來的魔法師，要不是親眼看見，他都不敢相信眼前的一切。

海倫最先降落在山頂上，隨後派恩也降落下來。南森

抱着保羅，和本傑明最後落在山頂上。山頂這裏，比較平坦，樹木確實不多，裸露出來的石頭面積佔了山頂面積的一大半。

「飛機要是落在這裏，我們能一眼看見。」海倫説着向山頂的中心位置走去，她看看幽靈雷達熒幕，「沒有飛機，也沒有魔怪。」

「這裏看周圍的風景倒是不錯。」派恩跟在海倫的身後，邊走邊向四面看，山頂是整片森林的制高點，無論從哪個角度看下去，都能欣賞到森林美景。

「仔細檢查每一個地方。」南森看着周圍的環境，「老伙計，開始掃描。」

保羅答應一聲，跳到一塊高出平面的石頭上，兩道紅色的射線從他的雙目中射出，隨即開始橫向地掃描着山頂平台。海倫他們用幽靈雷達對着四下也認真地探測着，山頂並沒有任何魔怪反應出現。

南森向前走了二十米，走到了山頂平台的另一端，這個山頂平台是一個不規則的正方形，南森向下看了看，遠處的林中，有三個人在走動，應該是登山客。

南森返身向回走，走了大概五、六米，有一個高大凸起的長條石，將近兩米高，寬度也有兩米，長度大概四、

五米，矗立在山頂平台上，算是主峯的最高處。保羅已經跑過來，站在上面掃描着地面。

南森走向石塊左側，他看到石塊上一道劃痕，比較明顯，這道劃痕大概有手掌長，不知道是怎麼產生的。

「這是什麼呢？」南森站在那道劃痕前，皺着眉，「這裏怎麼會有劃痕呢？」

「博士，這裏也有一處。」海倫説道，她指着石頭中部位置，「比你看到的那個要小一些。」

「都拍下來。」南森走到海倫那裏，看着劃痕，「看起來和先發現的那道都在一條水平線上，很奇怪呀。」

「是不是什麼動物留下來的？」派恩也很是不解，「能上到這個平台的動物……狼肯定上不來，熊倒是能爬高的……」

「這個森林裏沒有熊。」本傑明打斷派恩的話，「能上來的只有鳥類。」

「鳥類留不下這樣的劃痕吧？」海倫用幽靈雷達對着劃痕，幾乎緊貼地探測着，「好像是新劃的一樣。」

「把劃痕刮擦下來，看看能不能檢測到什麼物質。」南森説着拿出來一把小刀和一個透明塑膠袋，小心地用小刀刮劃痕，刮下來的石屑全都用塑膠袋接住，收集了

起來。

　　海倫和本傑明繼續尋找是否有別的劃痕，這時，保羅從石頭上跳下來，他來到石頭下的一處灌木叢旁，雙眼射出的兩道紅色光線，聚焦到了一處。

　　派恩連忙跟了過去，保羅繼續用紅光聚焦那個地方。

　　「一個電子設備上的二極體。」保羅説道，「我的身體裏，就有類似的二極體。」

　　「這裏怎麼會有二極體？」派恩很是疑惑，不過他立即開始對着那個二極體拍照。二極體很小，一端的導線已經彎曲。

「博士，保羅找到一個二極體。」派恩拍照後，把二極體小心地拿起來，遞給走過來的南森。

南森接過二極體，看了看，這樣的電子零件，他是再熟悉不過了。看上去這就是一個普通的二極體，南森把它放進另一個塑膠袋中，隨後看了看保羅。

「老伙計，還有別的發現嗎？」

「沒有了。」保羅搖搖頭，「沒有任何魔怪反應，只有這樣一個二極體，很奇怪，不過也許是什麼鳥類丟在這裏的，你知道牠們總是從人類那裏叼走各種奇奇怪怪的東西。」

「這個要檢查一下再説，老伙計，你現在來分析一下，我收集的這些碎屑都有什麼物質。」南森説着拿出盛裝劃痕物質的塑膠袋，「從岩石上刮下來的，是一個劃痕痕跡。」

保羅走到南森身邊，站好，他的後背蓋板打開，一個托盤升了上來。南森把塑膠袋打開，把碎屑倒進托盤。海倫他們全都圍過來，站在一邊，小心地看着。

保羅把托盤收了起來，隨後關上了蓋板，開始資料分析。小助手們都看着保羅，他們都有些緊張，南森要特別進行物質分析的東西，一定代表了什麼。

第四章　油漆

半分鐘過去了，山頂上一片寂靜，隨後，保羅身體裏傳出列印紙的聲音。

「博士，除了岩石成分，還有油漆的成分，清漆和面漆。」保羅説道，「具體品牌不知道，但是一定是油漆，這兩種油漆在造船、航空、燃氣罐塗裝上被廣泛使用。」

「航空嗎？」南森淡淡地説，隨後從保羅身體上撕下送出的打印紙，拿在手上看了起來。

小助手們似乎都感覺到了什麼，本傑明明顯有些激動。

「在這樣一個山頂上，出現那麼明顯的劃痕，值得我們重視。」南森把資料看完，遞給海倫，「現在，這種劃痕收集物裏，出現了油漆，而這種油漆，會被用在航空領域，也就是……很可能是飛機機身的塗層……另外，我們還找到了一個二極體。」

「那個劃痕看起來還比較新。」本傑明很是激動地説，「博士，這個山頂真的來過一架飛機，還遺留下了

劃痕。」

「有沒有飛機來過，要看廠家的鑒定結果。」南森説着指了指四周，「大家再努力，把這個山頂檢查一遍，一定要認真。」

魔法偵探們再次開始了檢查，他們不放過每個角落，再次檢查沒有發現新的證據。南森帶着大家，各唸魔法口訣，從山頂飄下了。

沃克警官早就有點焦急了，看到南森他們下來，非常高興，連忙問有什麼發現。

「下面要請你們幫忙，聯繫加拿大的飛機製造廠了。」南森把兩個塑膠袋給沃克警官看，「看看他們生產的75型商旅飛機，有沒有這裏面的物質……我們在山頂找到的，山頂上似乎有那架飛機來過的痕跡。」

「可是我們用無人機上去看過呀。」沃克警官急着説。

「魔怪會有一定的手段。」南森説，「它應該是發現了什麼，先是沒有讓無人機拍到飛機，我們出現前，又轉移了飛機，但是還是有痕跡留下。」

這次的收穫很大，儘管只有兩個小塑膠袋的東西，並且沒有發現任何魔怪痕跡，但是南森覺得只要走通這第一

步，也就是能夠確認峯頂平台上降落過飛機，那麼就是重大發現。所有的問題此時匯聚在一點上，山頂那個平台其實無法起降任何飛機，有飛機撞擊在上面，機身或者殘骸也會落得滿處都是，絕不會只有兩道劃痕和一個二極體，如果能確定飛機在平台上出現而此時什麼都找不到，那麼飛機的去向就是重點查找方向，並且也可以確定這不是人力所為。

下山的時候，南森在警方的警戒哨那裏停留了一下，特別詢問了幾天前那個雨夜，在這裏駐紮的警官是否聽到山頂上有什麼聲音，警官說當晚正好是他值班，他就在帳篷裏，完全沒有聽到山頂上有飛機撞擊的聲音，這些他都寫在報告裏了。

南森站在帳篷旁，看着山頂，此處距離山頂大概有三百多米，如果有飛機撞擊在山頂上，那麼會發出巨響，警官一定能聽到。現在一無巨響也無殘骸，南森更堅定認為這裏的事情有魔怪所為。

「現在我們要從兩邊查起，一是這裏，另外就是這次這架飛機的起飛發現點，也就是十年前失蹤的高沼國家森林公園那裏。」南森他們離開了警戒哨，他邊走邊對沃克警官說，「起飛和降落，都有異常。」

「博士，高沼國家森林公園所在的北約克郡警方已經展開搜索了。」沃克警官説，「據我所知他們派出了三個搜索大隊，對雨夜突然出現的飛機所在地拉網式搜索，上次沒有找到那架飛機，這次突然出現，一定是上次遺漏了哪裏。」

「好。」南森點點頭，「兩邊一起查，增加找到線索的概率。那邊沒有什麼魔怪現象出現吧？」

「沒有，雖然也是一處森林公園，但是沒人發現有魔怪出沒的情況。」沃克警官看看南森，「所以請你們到我們這邊查找，因為這邊發現了疑似的魔怪。」

「森林公園。」南森若有所思地説，「倒是符合魔怪藏身的地點條件。」

他們翻越了那三個山丘，來到路的盡頭。沃克警官開車把魔法偵探們送回到旅館，兩個證物塑膠袋被沃克警官帶走了，他要火速交給飛機製造廠進行檢測。

經過這一天的搜索，回到旅館後，大家都很累了。不過南森一回去，沒一會就打開了一張當地地圖，仔細地看着，小助手們都知道，他不會白白地在旅館裏等候消息的。

晚上的時候，沃克警官打來電話，説兩袋物證已經由

專人緊急送往加拿大的飛機製造廠了，他們那邊將快速進行檢測鑒定。

第二天，南森很早就起來，他帶着保羅出了旅店，向福爾斯通山方向行進了大概兩公里遠，並走入路邊的樹林裏，回來的時候，已經是十點多了。小助手們早就吃好了早餐，南森回來後，就把大家召集起來。

「如果沒什麼意外，兩個塑膠袋裏的物證，應該就是那架失蹤飛機上的。」南森的語氣很堅定，「我們只是等待進一步的確認，而且飛機製造廠方面應該能提供更詳盡的線索，我現在做的，是勘查福爾斯通山附近哪裏能藏魔怪。」

「博士，你是認定這裏真的有魔怪，但並沒有藏在福爾斯通山上嗎？」海倫看着攤開的地圖説。

「應該是轉移了，儘管我們在福爾斯通山的山頂沒有找到魔怪痕跡，但是飛機的確在那裏留下了痕跡。」南森用手在地圖上點了點，「魔怪在操控着那架飛機，也許是它發現了什麼，把那架飛機轉移走了，我是這樣認為的。」

「我也有這個感覺。」海倫緊鎖着眉，「飛機的確在山頂上出現過，但是絕對不是掉落而發生撞擊，而是被操

縱的。」

「那我們下一步就是找魔怪呀。」派恩很是激動地說，「魔怪就在這個森林裏吧？」

「昨天我們去看過福爾斯通山了，剛才我和老伙計也去周圍看了看，這裏山連着山，有些地方一看就是從未有過人類踏足的，所以非常適合魔怪藏身。」南森說着指了指地圖上的一個地方，「我和老伙計走到這裏，然後下了公路，走進森林，才走了一百多米就完全走不動了，全是斷枝、藤條和石塊，一點也沒有人類活動過的跡象，這樣的地方這裏應該有很多。」

博多森林公園的範圍那麼大，要怎樣才能找到魔怪呢？

「那要去哪裏找呢？」派恩深思起來，他這個樣子很是少見，他認真地看着地圖，「整個博多森林公園都是我們要查找的範圍吧？」

「是的，一共有三百多平方公里呢。」保羅在一邊說道。

「只有我們幾個人……」本傑明很是猶豫地說，「再找些魔法師來，也不夠……博士，有沒有重點區域？」

「福爾斯通山附近區域就是重點區域。」南森說，「山頂上的飛機被移走，應該是匆忙間發生的，因為飛機落在山頂，遊客不會知道，山下觀察哨的警察也不會知道，那個山頂沒人能上去。可魔怪還是轉移走了飛機，應該是發現了什麼，但是不會走遠，那樣一架飛機，帶出這個森林公園，四面都是人類活動區域，根本藏不住的，或者是能藏一時，時間稍微一長就會被發現。」

「加拿大的飛機製造廠快點檢測出結果吧。」派恩邊聽邊點着頭，他有些焦急，「這樣我們就能快速展開下一步行動了……」

「有時差的，昨天送過去的時候那邊還是深夜。」本傑明連忙說。

這時，房間裏的電話突然響了，南森走過去，接起

了電話，只見他的臉色一下凝重起來，説了幾句話後，放下電話，向小助手們走來。大家看着他，都感覺出了什麼事。

「我們現在去北約克高沼國家森林公園，沃克警官馬上開車來，我們坐他的車去。」南森低沉地説，「那裏發現了三具骸骨，其中一人已經基本確定是失蹤飛機上的三人之一，金融家康特爾的助理魯本。」

海倫他們全都大吃一驚，這個時候出現了這樣關鍵性的線索，十年前失蹤的人被找到了屍骨。派恩連忙問是不是魔怪造成三個人的死亡，南森搖了搖頭，屍骸也是剛發現不久的，一切都在檢測之中，而他們趕過去正是要勘驗這件事是否和魔怪有關，並找出更多的線索。

南森他們出了旅館後，沃克警官的車剛好來到，他們上了車。博多森林公園和高沼森林公園相距一百多公里，開車兩個多小時就到。

「……帕丁湖南岸發現的三具骸骨，是警方的搜索隊發現的，他們這兩天在那邊全力查找失蹤飛機如何突然從那個區域『起飛』。」沃克警官邊開車邊介紹，「帕丁湖是高沼森林公園裏的一個湖，湖的旁邊是一座小山丘，當年那架飛機就是在那一帶消失的，這次突然又從那裏出

現，被列為了重點搜索區域，果然發現了情況，據説是搜救犬發現的情況。」

「怎麼斷定三人中的一個就是魯本呢？」南森問。

「失蹤前兩天，魯本和康特爾參加了一個大型商業研討會，為期兩天，參加者都佩戴名牌，其中一具骸骨的外衣是皮的，沒有腐朽，胸牌是塑膠的，保存完好，就在上衣口袋裏，有姓名有照片，都是印在名牌上的，估計是魯本開完會後隨手放到了口袋裏，沒有拿出來。」沃克警官説。

「那麼另外兩人的身分基本也可以推定了。」南森點了點頭，他坐在副駕駛的位置上，看着遠方，汽車飛快地行駛在高速路上。

兩個多小時後，南森他們來到了事發地管轄的威斯特戴爾鎮警局，三具骸骨就在這個警局的鑒證中心。法醫官科茨接待了他們，把他們帶到了鑒證中心。

南森他們看到了三具骸骨，三人的肉身已經不存在了，而且衣服也基本爛光了，只有魯本的皮質外衣保存較好。

海倫他們一進去，就用幽靈雷達對準骸骨進行探測，期待能發現魔怪痕跡，但是他們沒有收到任何魔怪反應的

回饋。

「你們來之前十多分鐘，我們根據齒科法醫紀錄，確認另外兩具骸骨，是金融家康特爾，以及駕駛員肖恩。」科茨説着遞過來一個資料夾，「三人就是失蹤十年的飛機上的人，無誤了。不過……」

南森看了看科茨。科茨聳聳肩。

「骸骨是在距離湖岸一百米的樹林裏發現的，但是我們推定，這不是第一現場，其實這不用推定，三具骸骨是被擺放得很整齊地埋在一個深坑裏的，如果是飛機失事，他們的狀態不可能是這樣的，也就是説，他們被搬動過。」科茨説道，「他們第一死亡地點，應該是飛機失事地點，而且從骸骨上，我們檢測到很多湖藻，所以，當時的飛機應該是掉進帕丁湖裏了，三具骸骨是從水裏被撈出來再埋葬的，而且時間不長，大概就在幾天前。」

「可是我看過報告，當時搜索過帕丁湖，可是一無所獲。」南森説，「飛機上的飛行記錄儀很難損壞，會一直工作，並發出識別信號的。」

「誰知道呢？」科茨又聳了聳肩，「湖水太深了吧，帕丁湖最深處有一百多米，找尋起來非常困難。」

「那我們去現場看看。」南森説，他轉身看了看沃

克警官，「你要和這裏的同事說明，一定要加強對帕丁湖的搜索，那架飛機確實有可能當年掉進了湖裏，所以一直沒有找到機身。另外，從目前情況看，那架飛機受到天氣因素影響失事並掉進湖底的可能性很大，那晚這裏是雷雨天。」

第五章　調動直升飛機

半小時後，南森他們來到了帕丁湖南岸，在南岸中部的一個樹林裏，他們被帶到一棵大樹下，那裏有一個坑，兩個警員守在那裏，周圍還拉着警戒線。根據介紹，警方在這一片區域搜索的時候，搜救犬發現了這片明顯新翻的土地，並且大叫示警。警方挖開這片土地，找到了三具遺骸。

南森在坑邊看了一下，小助手們開始用幽靈雷達搜索起來。本傑明拿着幽靈雷達，在那個坑邊先看了看，那個坑大概有一米深，本傑明想跳下去查看。忽然，他感到遠處有個東西晃了一下。

沒還等本傑明反應過來，保羅已經像箭一樣躥了出去。幾十米外的一棵樹邊，一隻白色的水貂掉頭逃走，不過保羅速度極快，很快就追上了那隻白貂。

本傑明感覺有事發生，保羅在勘探現場的時候是很認真的，從來不會去追趕小動物，本傑明也立即追了過去。保羅已經和白貂打了起來，他咬了白貂幾口，白貂也咬了

保羅幾口，但是保羅外殼堅硬，也沒有
痛感。白貂很快就招架不住，被保羅牢
牢地按住。

　　南森他們隨後都趕了過
來，本傑明用幽靈雷達對着
白貂探測，白貂一切正常，
絲毫沒有魔怪反應，就是一
隻普通的小動物。

「博士，我剛才檢測到牠好像有一點點魔怪反應，極其微弱，但是存在。」保羅很是激動，當時牠正伸頭看我們，不過現在一點也沒有魔怪反應了，哎，也許我把魔怪反應系統調得太過敏感，我把移動的一般信號源當成魔怪反應了。」

南森蹲下身子，摸了摸那隻白貂，白貂此時平靜了下來，不過被保羅按着，一動不動的，兩隻圓圓的眼睛看着南森。

「我的幽靈雷達什麼都沒有發現。」本傑明説着看看海倫，海倫也拿着幽靈雷達，她也什麼都沒發現。

「從毛色看，這隻水貂年齡很大了。」南森説着站了起來，「在這樣的一個原始密林中，年紀大的動物，由於不自覺地吃下一些含有魔藥物質的植物，身體裏會有輕微的魔怪反應，有些甚至能把魔藥轉化成魔性，但是距離真正的魔怪，差得太遠。從剛才這隻水貂和老伙計的搏鬥可以看出來，出於逃脱本能的牠，輕易被老伙計制服，説明牠即便有點魔性，也僅比一般同類厲害一些……放了牠吧，這樣的能力根本製造不了任何案件。」

保羅鬆開了手，白貂一看沒有了束縛，立即跑掉，鑽進灌木叢，不見了。

　　大家返回去，繼續勘查。南森先是在坑邊看了看，隨後轉身，看到了身後一百多米外的帕丁湖，於是向湖那邊走去。

　　帕丁湖，有將近三公里寬，水面看上去很是平靜，湖面上，有水鳥棲息，外表看上去這是一處美麗的湖，在這美麗的高沼森林公園裏。高沼森林公園和博多森林公園的風貌不太一樣，這裏的山很少，只有帕丁湖邊一座小山丘。因為地勢較為平坦，這裏的遊客要比博多公園多。

　　南森特別看向湖水，湖水很清澈，但是非常深。南森開啟了透視眼，看向湖底，果然，正如科茨所說，湖水深，底部都是厚厚的淤泥層。

　　「博士——」海倫走了過來，站在南森身後，「那個埋屍體的坑都檢查過了，因為被人為翻動過，所以即便有些輕微的魔怪痕跡，也反應不出來了。」

　　「周邊呢？有沒有魔怪活動過的痕跡？」南森問。

　　「派恩和本傑明向外推進勘查了，目前還沒有結果。」海倫說着向樹林那邊看了看。

　　「好。」南森點點頭，他看了看一直跟在身邊的沃克警官，「那架飛機，十年前極有可能是掉進湖裏了，淤泥太厚，水又很深，飛行記錄儀的信號被遮擋住了。現在那

架飛機應該在博多森林公園，而不是這裏，不過也要對水底勘查一下，看看有沒有飛機遺留的殘骸。」

「好的，我會通知這裏的警方。」沃克警官看着那湖水，一直皺着眉頭，「不過這樣深的湖，的確不好探查呀。」

這時，沃克警官的手機突然響了，他連忙接聽電話，說了兩分鐘的話，他放下了電話，有些激動。

「加拿大的飛機製造廠那邊的檢測報告出來了，從岩石上刮下來的粉末中的油漆成分，就是龐巴迪75型商旅飛機的油漆塗層。另外，那個二極體，就是龐巴迪75商旅飛機上飛行記錄儀中的一個重要零件。」

「噢，和我們推斷的一樣。」南森平靜地點點頭，「那麼……接下來的重點，確實在博多森林公園，而不是這裏。」

三個小時後，南森他們回到了沃克鎮，在旅館裏，南森拿到了加拿大飛機製造廠方面的詳盡檢測報告，他把這份報告反覆看了兩遍。

「我們要疏理一下案情了，請稍等我一會。」南森看着大家，沃克警官也沒有回去，他也在旅館裏。

小助手們都安靜下來，他們知道，南森此時是用腦力

的時候。小助手們自己也有對案情的判斷，現在看，大家對魔怪就在不遠處的博多公園裏的想法是一致的。

南森拿出一個小本子，上面都是他這些天的紀錄，他又打開了電腦，查找着什麼，隨後又在小本子上寫着。小助手們一開始都安靜地坐着，過了一會，本傑明和派恩交頭接耳，討論着什麼，互相還有些不服，不過聲音都壓得極低。

沃克警官去裏面的套房打電話，這次他全程陪同辦案，目前已經有了相當確切的結果，那就是魔怪確實是存在的。

將近半小時後，南森從座位上站了起來，小助手們頓時都坐正了身體，直直地看着南森。保羅飛快地跑到套房裏，告訴沃克警官博士要開始布置下一步行動了。沃克警官匆匆收起電話，也來到外面的房間。

「都不要緊張。」南森看着小助手們，微微一笑，「把我們已經得到的結果，結合到案情裏，看看有沒有什麼疏漏的地方，便於我們展開新的行動。」

小助手們，還有沃克警官，全都認真地看着南森。

「我們先簡單回顧一下案情，一切源自於前幾天那個雨夜，一架十年前在北約克高沼國家森林公園失蹤的飛

機，突然又從那裏出現了，然後直飛一百多公里外的諾森伯蘭郡，在這個郡的博多森林公園消失了。」南森環視着大家，「這是大家已經熟悉的案情。因為飛機消失的地區，也就是博多公園的福爾斯通山這裏，最近有幾宗疑似魔怪的目擊報告，所以警方把兩件事合併在了一起，認為失蹤的飛機和同一地點出現的魔怪有關聯。所以，我們的沃克先生就找了過來。」

沃克連忙用力點點頭，南森則微微笑了笑。

「今天，我們去了當年飛機失蹤、前天又在失蹤地點再次出現的帕丁湖地區。我的判斷，當年飛機沒有被找到，就是因為扎進了深深的湖底淤泥中，證據就是三具屍骸，經過法醫檢測，上面有很多水藻成分。另外，屍骸發現地在陸地，如果真的埋在陸地，十年時間，身體不至於全部腐爛得只剩骨架，所以説，屍骸是前些天從湖底的飛機中撈出來埋在岸邊樹林的，飛機則被埋屍骸的魔怪從湖底撈出來，運送到博多森林公園的福爾斯通山，就是這次運送，被紐卡素機場塔台發現，紐卡素機場正好在兩個森林公園的中間區域。」南森在房間裏短距離地踱步，他的語氣非常堅定。

「博士，你説的我都明白，也覺得你的推斷很有道

理，但是……」本傑明略微猶豫了一下，「魔怪要飛機幹什麼？那架飛機已經在水裏泡了十年了，完全壞了，一點用都沒有了，而且魔怪能夠自主飛行，不用駕駛飛機，魔怪應該也不會駕駛飛機，特別是一架壞了的飛機。」

「魔怪不會用這架壞了的飛機作為它的交通工具，這一點是肯定的，至於它有什麼別的用途，目前很難判斷。」南森説，「很多東西要到破案後，才能得到精準的答案。」

「我明白。」本傑明點點頭，但是他意猶未盡，「還有就是飛機都損壞了，在水裏泡了十年了，被魔怪弄出來後，怎麼能被紐卡素機場塔台發現呢？壞了的飛機就是一堆廢鐵，外面到處是廢鐵。」

「我們在福爾斯通山頂發現的是飛機飛行記錄儀上的二極體，飛行記錄儀，俗稱『黑匣子』，是飛機重要的飛行資料記錄設備，飛機一旦發生意外，這種安裝在飛機背部最不易受損區域的設備會不停地發出信號，告知地面自己的位置，而且有效發射時間能夠長達十年甚至更多。」南森比劃着説，「所以我推斷，飛機被運送的時候，唯一沒有損壞的飛行記錄儀發出的信號被機場塔台接收到了，而之前沒有循着信號找到飛機，是因為飛機扎進了淤泥

裏，上面有厚厚的淤泥和深深的湖水遮擋。」

「博士，一定是這樣的。」海倫有些興奮，「我也有個問題，你説『運送』，魔怪怎麼運送飛機呢？」

「如果是會飛行的魔怪，使用魔力的話，是可以背起飛機飛行的，這是私人商旅飛機，並不很大。」南森看着海倫，解釋説，「另外，我判斷那魔怪有很強的飛行能力，福爾斯通山可爬不上去，它能飛上去，而且很輕鬆。」

「這些我都猜到了。」派恩激動得有些手舞足蹈，他不是很滿意地看看海倫和本傑明，「你們不要打斷博士，讓博士説下去。」

本傑明不高興地對派恩揮揮拳頭，南森則繼續還原案發經過。

「魔怪背着那架飛機，降落在了福爾斯通山的山頂，可是不知道是什麼原因，也許是它發現了飛行記錄儀，就破壞了這台設備，以至於裏面的一個二極體散落出來，但是我們沒有發現飛行記錄儀，這台設備明顯被它毀掉後轉移了。」

「毀掉了？」海倫他們相互看了看。

「毀掉了，否則二極體不會掉出來，而且二極體的一

端的線歪翹，應該是暴力破拆時造成的。」南森點點頭，
「無論如何，飛行記錄儀被毀掉，信號失去了，機場雷達
也就跟蹤不到飛機了。這裏有一個細節，我看過報告，説
是飛機到達福爾斯通山後，先是靜止不動十秒，隨後信號
才消失的。」

　　「靜止不動……是不是先落在了福爾斯通山頂上，隨
後魔怪發現了飛行記錄儀，才毀壞記錄儀的？」沃克警官
小心地問。

　　「我是這樣認為的。」南森點點頭。

　　「那麼飛機應該是損壞的，完整的飛機，飛行記錄儀
是安裝在飛機背部靠近機尾位置的。」沃克警官連忙説，

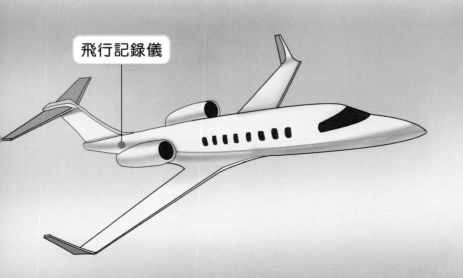

飛行記錄儀

「魔怪看到了損壞飛機身上露出來的飛行記錄儀，也許起飛的時候它沒有發現，降落在這裏才發現。」

「對。我完全同意你的看法。高空墜落，衝進水裏的飛機不可能是完好無損的，斷成兩、三截完全有可能。」南森比劃了一個手勢，「所以我堅持讓北約克那邊的警方搜索帕丁湖的水底，就是這個意思，我覺得水底淤泥中能找到飛機的部分殘骸，也就是説，魔怪沒有把整架飛機運來，而是運來了部分。」

「應該是機身主體，飛行記錄儀就在機身主體上。」沃克警官補充地説，他也是一個經驗豐富的偵探，推理判斷能力很強。

「沒錯，石頭上的劃痕，就是機身主體運來後，靠在岩石上發生摩擦留下的。」南森説道，「現在，我們這樣一步步地推斷，魔怪背着飛機到這個山頂的線索也出來了，前天晚上那個雨夜，它把飛機的主體部門運到了山頂，毀掉飛行記錄儀後，不知道什麼原因，又把飛機主體運走了，我們只發現了一些痕跡……以上，就是本次案件的一個整體的疏理。」

小助手們都表示同意南森的推斷，經過南森這樣的總結整理，案件的線索逐漸清晰起來。

「現在是該怎麼抓到這個魔怪？我不是魔法偵探，所以也不可能有什麼意見。」沃克警官在一邊，有些憂心地説。

「通過總結，我們可以判斷，這是一個有很強的飛行能力、力氣也非常大的魔怪所為。」南森説着看了看保羅，「老伙計，查一下這個區域，近百年來的魔怪出沒紀錄，飛行能力強、有力氣的魔怪要特別注意。」

「是，博士。」保羅立即立正，還做了一個舉手敬禮的動作。

「沃克警官，我看過這裏的地形地貌，這個森林公園的很多地方根本就沒有路可走？」南森看看沃克警官，問道。

「是的，有很多處這樣的地方呢，從來沒有人進去過，有密林，也有山丘，還有河谷。」沃克警官肯定地説。

「你要給我們一一指出來，這裏是重點區域。」南森説着頓了頓，「另外……我需要直升飛機，八架。」

「八架直升機？」沃克警官頓時一愣。

「是的，八架直升機。」南森語氣堅定，「我們要對付的魔怪，是一個飛行能力極強的傢伙，萬一要抓捕，

我們幾個在空中長距離飛行的能力都有限，如果有了直升機，那我們的抓捕就有把握了。」

「我明白了。」沃克警官點點頭，「不過一下要找來八架直升機，有些難度，我們警察局只有一架警用直升機，我還要聯繫總部，儘快調來直升機。」

「好，請儘快。」南森點點頭，「這八架直升機平均分布在博多森林公園周圍，這樣一個三百平方公里的範圍，應該夠用……另外，你說你們警察局有一架直升飛機？」

「是的。」沃克警官説，「這架飛機調運過來很方便，所以我只要再找來七架直升機即可。」

「嗯，很好。」南森很是鼓舞地説，「有了你們這一架直升機，我們可以先在這個公園的八個重點地區進行幽靈雷達的投放……我們手上現在有三台，留一台，還要再去借六台，海倫，你去紐卡素魔法師聯合會去借，我會先給紐卡素魔法師聯合會打電話，叫他們派七名魔法師來，我們今後使用沃克鎮警察局的直升機，其餘的直升機都要配備一名魔法師……還要有耐摔的包裝，這些雷達我們要從一千米以上的高空投放下去……」

第六章　高空投放雷達

大家開始按照南森的布置展開行動。沃克警官很快地把博多森林公園那些從無人前往過的原始地帶標記出來，一共有八個地方。隨後，他和海倫出了門，他要去聯繫直升飛機，海倫則去沃克鎮警察局，由一名警員開車送她去幾十公里外的紐卡素魔法師聯合會，南森已經和那邊聯繫好了，海倫去拿六台幽靈雷達來。

本傑明也出了門，不過他沒有坐車，而是向門口左邊兩百米的郵局走去。此時已經是晚上六點了，沃克警官特別聯繫了已經下班的郵局，讓他們給本傑明準備包裝包裹的發泡包裝袋，郵局局長此時親自趕往郵局，準備給本傑明的東西。

一切都在按部就班地進行，本傑明拿了一個大袋子回來，裏面都是包裝材料。一小時後，海倫來了電話，她已經順利拿到了六台幽靈雷達，正在趕回來。另外，她回來的時候，紐卡素魔法師聯合會會長告訴她，七名魔法師明天上午就會趕到沃克鎮。

「……如果在空中用直升機搜索魔怪，並不合適，這樣一個森林公園，一般不會有警用直升機盤旋，要是天上有好幾架直升機來回盤旋搜索，很可能還沒找到魔怪，就驚動了魔怪，讓它判斷出自己在被搜索，它會有所準備，找機會飛走的。」南森指着桌子上的地圖，對本傑明和派恩說，「現在我們的優勢就是已經發現它在這個森林裏，如果聲勢浩大地搜索，那就會失去這個優勢。我們不僅不能用直升機大規模搜索，這次向魔怪可能隱身的八個地點投放幽靈雷達，也要飛到一千米以上的高空，這樣地面上基本聽不到什麼聲音。」

「我的魔怪預警系統搜索距離要是能超過一千米，我們就在高空搜索了，這樣魔怪也聽不到聲音，但是不行，我只能搜八百米的距離，這個高度魔怪能聽見天空中直升機的聲音，幽靈雷達只能探測四百米距離，要飛得更低。所以博士不用空中搜尋的辦法。」保羅在一邊進一步解釋，「博士想得可是很全面的。」

又過了一會，海倫拿着六台幽靈雷達回來了。大家隨即開始對幽靈雷達進行了包裝，千米高空投下的幽靈雷達要承受巨大衝擊力，好在雷達自身不重，也有相當的防撞能力。南森他們採用了雙保險包裝，最外面一層裹了由

一組發泡材料組成的外包裝層，看上去就像是一個個小氣球，當幽靈雷達落地後，觸地的「小氣球」會爆開，緩衝掉一半以上的衝擊力，內包裝層由一層發泡塑膠布包裹着，外包裝層爆裂後，這層包裝釋放掉另外一半衝擊力。

八台幽靈雷達被包裝完畢，整齊地排列在桌子上。沃克警官畫出森林公園的八處原始無人地帶，每處要投放一個。期間沃克警官來過電話，告訴博士，他在協調直升飛機，已經確定了三架。

此時已經是晚上了，南森告訴沃克警官，其餘的直升機請快速協調，明天一早要使用沃克鎮警察局那架直升機投放幽靈雷達。沃克警官說這架飛機能隨時安排起飛。

第二天一早，南森他們都來到了沃克鎮警察局，他們住的旅館走幾分鐘的路就能到警察局。沃克警官已經在警察局了，他告訴南森，要找的另外七架直升機，已經確定了五架，另外兩架午後會從紐卡素警察局調過來，而今天早上這次投放，將由他親自駕駛直升機。

南森他們每人手裏提着兩台包裹好的幽靈雷達，跟着沃克警官上了沃克鎮警察局的樓頂，那裏有一個停機坪，一架EC145警用直升機停在那裏。這個型號的飛機能搭載九人，航速每小時將近三百公里，機動性和靈活性非

常好。

南森他們都上了飛機，沃克警官看到大家都坐好了，隨即發動了飛機，飛機螺旋槳高速地轉起來，隨後騰空而起，沃克警官直接將飛機上升到一千米以上，隨後向博多森林公園方向飛去。地面上的人幾乎聽不到頭頂上的直升機的轟鳴聲，抬頭看也只能看到一個很小的機身。

不到十分鐘，沃克警官就將直升機飛到了博多森林公園上空，他先是去了第一處原始地帶。

「格納河谷地帶，從來沒人去過。」沃克警官回過頭，大聲地對南森他們喊道，他邊説着，邊將直升機懸停住。

「這種地方，不會有遊客吧？」南森最後確認地問。

「連路都沒有，根本就不會有人進去。」沃克警官大聲地回答。

「好的。」南森説着看了看本傑明，本傑明身上綁着安全帶，「本傑明，投放第一台幽靈雷達。」

「是。」本傑明大聲回答道。

同樣綁着安全帶的海倫拉開了艙門，本傑明走到艙門邊，把頭探出去，看着地面。下面，是一大片森林，一條河從森林中穿過。

本傑明拿了一個幽靈雷達，雙手拋了出去，幽靈雷達飛出機身一米多後，直直地掉落下去。本傑明伸頭看着掉下去的雷達。

「應該是撞到樹枝了，這樣更能減輕衝擊力。」本傑明把頭縮回到機艙裏，「好了，保羅，落地了，測試一下。」

「收到了資訊，一切正常，沒有損壞。」保羅接收到了落地的幽靈雷達發回的信號，這種發送信號能傳出上百公里。

「沃克警官，下一個地點。」南森對着駕駛艙喊道，隨後看看小助手們，「等抓住了魔怪，再駕駛直升機來把人放下去取回雷達。」

直升機已經開始前進，奔向了另外一個原始地帶，這種地方沒有遊客，魔怪最容易藏身。很快，直升機就飛到一座小山的山頂上，沃克警官懸停住直升機，隨後看了看下方。

「這座山的山坳有沼澤，山坳四周全是藤枝樹木，沒人能進去。」沃克警官大聲地説，「現在可以投放了。」

海倫拉開了艙門，本傑明走到艙門，先是看看下方，隨後把一個幽靈雷達拋了出去。

　　幽靈雷達落地，本傑明觀察了一下，讓保羅確認信號，信號確認無誤，沃克警官駕駛着直升機飛向了下一個地點。

　　另外六個幽靈雷達都被投放到了各個地點。所有雷達落地後全部能順利地發回信號，表明雷達並沒有損壞。南森在飛機上，全程拿着一個高倍望遠鏡，看着地面的森林，保羅明知探測距離到不了地面，也努力地向地面發射着幽靈探測信號，不過沒有收到任何回饋。

　　「……全部投放完畢，博士，要不要在森林上巡航一下，也許能看到什麼……」最後一個幽靈雷達投放好後，沃克警官有些不心甘地問。

　　「回去吧。」南森比較堅定地說，「那個傢伙把飛機從山頂搬走，應該是發現了些什麼，戒備心很重，如果我們在這裏長期盤旋，被它感覺出什麼，那就麻煩了。」

　　「好的。」沃克警官說着準備發動飛機前進，「我們先向前，飛出這個森林後繞回去。」

　　「稍微等一下——」南森突然喊道，他舉着望遠鏡看着地面。

　　「怎麼了——」派恩一直在南森身邊，激動地問，「有魔怪嗎？」

「稍等，稍等……」南森的語氣略微有那麼一點不平淡，「地面上有個東西……啊，看不到了。」

「什麼東西？」派恩繼續急着問，「魔怪嗎？」

「一隻水貂，很像那天被老伙計抓住的那隻。」南森說道，「從一條小河裏鑽出來，進了一片開闊地後鑽進了森林裏。」

「我抓住的那隻嗎？跟到這裏來了？」保羅有些吃驚地喊起來。

「很像，無法確定是同一隻。」南森聳聳肩，「這樣的森林裏，河水湖泊眾多，水貂是這裏的主要動物。」

南森告訴沃克警官，可以飛行了。沃克警官加速飛出森林，隨後掉轉方向，向沃克鎮警察局飛去。

落地後，南森他們先到了警察局的會議室，沃克警官說過一會兩架調配來的直升機就到，而紐卡素魔法師聯合會的七名魔法師，在南森他們投放幽靈雷達的時候，已經來到了沃克鎮的警察局。大家都見了面，南森把事情的經過告訴了魔法師們，並對他們交代了行動細節，未來一旦在空中阻截魔怪，魔法師們將乘搭直升機，使用凝固氣流彈或者電光射線攔截魔怪，主攻的則是乘搭沃克鎮警察局直升機的南森等人。

中午的時候，紐卡素那邊調配來的兩架直升機到了，現在八架直升機環繞着博多森林公園，沃克鎮警察局的直升機就停在警察局樓頂上，如果發現魔怪，南森他們會快速趕來，乘搭直升機升空。另外七架直升機則分布在各個地方的空地上，每處都有警員看守，七名魔法師出發前往各自的直升機，到達那裏後，一個駕駛員和一名魔法師將隨時待命，準備進行空中攔截任務。

沃克警官留在警察局裏，南森他們則走路回到旅館。心急的派恩一路上問保羅有沒有收到魔怪信號，保羅說一直監控着呢，所有八台幽靈雷達工作狀態良好，但是並沒有收到探測到魔怪的信號。

「……派恩，你就是心急，哪有你這邊剛剛布置好，魔怪就出現了的？」回到旅館，本傑明教訓着派恩，「我看你就是懶惰，不想耐心等待，耐心可是魔法師的必要心理素質。」

「聽你的口氣像是教授。」派恩不耐煩地說，「我可沒問你，不用你回答……保羅，昨天博士不是叫你查詢這個地區具有飛行能力的魔怪嗎？有結果嗎？」

「我說過了，不過你不在。」保羅跳到窗台上，「這裏兩千年前魔怪眾多，但是近幾十年都沒有魔怪出沒的紀

錄了，不過不管是兩千年前還是現在，飛行能力強大的魔怪都沒有，都是一些地面活動魔怪。」

「飛行能力強的魔怪想去哪裏就去哪裏，遷移性強，這也是它們的特點之一。」海倫在一邊説，「我們要對付的這個魔怪也許是個外來魔怪，在這裏也沒住多長時間。」

「外來的？」派恩若有所思地説，「從哪裏飛來的呢……嗨，保羅，你在窗台上？是想暢通地接收到信號嗎？」

「是的。」保羅指着牆壁，「減少建築物對信號的干

擾，窗台這裏最合適。」

「我看你比我還心急。」派恩説。

南森回去後，就打開了地圖，他把八架直升機布置的位置和保羅核對了一遍，又把幽靈雷達投放地標記在地圖上。

「我們的幽靈雷達，最好不要砸在魔怪頭上。」本傑明走到南森身邊，看着地圖。

「沒有那麼巧。」保羅説，「如果能砸在魔怪頭上，幽靈雷達會發出魔怪信號的。」

「投放在這裏，只要魔怪活動，靠近幽靈雷達四百米的距離就能被發現。」本傑明的手指着地圖上幽靈雷達的投放地，「但願幽靈雷達的搜索範圍能覆蓋這些區域。」

「完全覆蓋不可能，不過這樣投放幽靈雷達，發現魔怪就是個大概率事件了，否則我們進去都極困難，別説順利地搜索魔怪了。」南森坐在椅子上，看着地圖，點着頭説，像是回答本傑明的疑惑。

「魔怪要動起來呀。」本傑明期盼地説，「要是它躲在巢穴裏不出來，那可有得等了。」

第七章　阻攔

接下來的時間，的確就是耐心的等待了。此時已經是下午了，南森説大家忙了一個上午，可以去休息一下。保羅會隨時提醒大家的，他自己則坐在電腦前，一直查找着什麼。

根據魔怪的習性，晝伏夜出，不過森林裏光線極差，所以魔怪白天在森林裏行動的可能性也是完全存在的，這也就是幾位目擊者幾乎都是在白天目擊魔怪的原因。

本傑明跑到自己的房間，休息了兩個小時，他出來的時候，海倫在和窗台上的保羅説着話。南森則靠着沙發，閉目養神。

「博士休息了？」本傑明小聲問海倫。

「他説就這樣，我讓他去裏面休息，他不肯去。」海倫説道，「派恩去休息了。」

「他？」本傑明不屑地哼了一聲，「無所謂了……嗨，保羅，你一直在窗台上？」

「我感覺，我預感……」保羅説着看了看外面，他們

住在旅館的二樓，「那個傢伙隨時會出現，隨時。」

「我很欣賞你的預感。」本傑明用力地點着頭，語氣中帶着誇讚，「快點出來吧，我想看看這到底是一個什麼怪物。」

「海倫，有沒有什麼辦法，讓魔怪動起來？」本傑明用深思的口吻說，「它要是不動，我們要等多長時間呀？」

「剛才還說相信我的預感呢。」保羅質疑地看着本傑明。

「要考慮全面。」本傑明辯解道。

「這個難了，我覺得不驚動它最重要，不能讓它察覺我們在找它。」海倫想了想，說道。

「我覺得要是有個山洪爆發什麼的自然災難，魔怪也要躲避，它就活動了，一活動就能被我們投放的雷達發現。」本傑明眨了眨眼睛。

「你說製造一個山洪爆發？」海倫瞪着眼睛看着本傑明，「那可不行，山裏還有遊客呢。」

「噢，這倒是。」本傑明立即說，「我以為警察把森林全都封鎖了呢？」

「這麼大一片森林，不可能去封鎖住的。」海倫比劃

71

着説，「也就是福爾斯通山主峯被封鎖住了。」

「福爾斯通山主峯，也算是一個原始地帶，沒人能上去。」本傑明點着頭説，「不過那個山頂不用投放雷達了，魔怪離開那裏了。」

南森還靠在沙發上閉目養神，海倫看了看手錶。

「快五點了，我去買些晚餐回來。我看今天可能都等不到那個魔怪了。」

「我也下來，小貓才能一天到晚的趴在窗台上呢。」保羅説着從窗台上跳了起來，「派恩一直沒有聲音，我去叫醒他。」

「不要，他最好一睡一萬年。」本傑明連忙叫起來。

「等一下——」保羅剛跳下窗台，走了兩步，突然大叫起來。

沙發那裏的南森立即睜開了眼，略有緊張地轉頭看着保羅。

「五號投放點，有魔怪反應。」保羅説着跳上了窗台，「現在正在地面移動，距離幽靈雷達二百米……啊，起飛了……」

「全體出發——」南森像是從沙發上彈了起來一樣，他拿出了手機，「老伙計，隨時通報魔怪位置，是否處於

飛行狀態——」

「派恩——派恩——」本傑明大喊着，「快給我起來——」

海倫拉開了門，大家一起衝出門，派恩從房間裏跟出來，他完全清醒了。大家一起向警察局跑去。南森通知沃倫警官，發現了魔怪。

「起飛了—— 起飛了——」保羅跑在南森身邊，「距離地面一百米了，向北面飛去，C方位直升機可以阻攔——」

「……C方位直升機，C方位直升機——」南森立即撥號，「我是南森，魔怪正在向你們那邊移動，立即起飛攔截，立即起飛攔截——海倫，本傑明，通知B方位和D方位直升機輔助攔截——」

兩個小助手連忙用手機聯絡C方位左右兩側的B、D方位直升機起飛。警察局門口，沃克警官焦急地等在那裏，南森他們匆匆趕來，沃克警官連忙詢問發生了什麼。

「魔怪出現了，現在試圖從北面飛走，我已經通知C方位直升機起飛攔截了。」南森邊説邊向樓上跑，「我們馬上開直升機趕去。」

他們上了樓頂，沃克警官跳上直升機，發動了飛機，

南森他們上了飛機後，海倫關上艙門。直升機立即起飛。

「博士，魔怪升空兩百米後一直向北飛去，目前已經脫離了地面幽靈雷達的搜索範圍，應該是一直向北飛行。」保羅很是緊張地說，「根據它的速度推斷，三分鐘內就能從北面飛出森林。」

「好的。」南森點點頭，「但願C方位直升機能攔阻住魔怪。」

「沃克警官，沃克警官……」直升機的通訊頻道裏，傳來一個聲音，「我是C方位的駕駛員德米，我飛機上的魔法師是帕西克，我們正在起飛，能見度良好，請告訴我們魔怪的飛行高度，請告訴……」

「飛行高度不明。」南森急忙把身體探過去，伸手拿起了駕駛台上的對講機，「最後脫離監控的高度是兩百米，魔怪正在向你們的方向飛行，根據魔怪飛行速度判斷，你們能在它的正面攔截。」

「明白……」駕駛員德米說道，他忽然激動起來，「我看到它了，它正在向我們飛來，現在是一個小點……我用儀器放大看……」

「南森博士，我是紐卡素的魔法師帕西克，我探測到了魔怪反應，距離我們四百米遠。」C方位直升機上，帕

74

西克拿過對講機説道，他的一隻手拿着一台幽靈雷達。

「報告，儀器無法成像，什麼都看不到，我用肉眼能看到一個移動物飛來……」德米激動地喊着，同時操作着駕駛台上的儀器。

「德米，你現在全部聽令魔法師的指揮。」南森拿着對講機，大聲地説。

C方位直升機對面，一個移動物越來越大，迎面而來，那個移動物似乎也發現了直升機，開始調整飛行方向，試圖繞過直升機。

「B方位直升機，D方位直升機，C區正前方發現目標，請火速增援。」沃克警官利用飛行通訊頻道下了指令，「我們也在趕過去。」

C區正前方的天空上，移動物和直升機越來越近，但是明顯試圖想從直升機旁邊繞行，直升機基本處於懸停狀態，等待着移動物的飛近。遠處，兩架直升機正在從側面緊急包抄過來。

帕西克坐在直升機駕駛室的副駕駛位置上，通過前窗，他緊緊地盯着飛過來的物體，很快，他就看清了那個物體的面貌，那是一個長着長翼的人形魔怪，那魔怪的臉，類似於鳥頭，尤其是那張尖尖的嘴，和鷹嘴相仿，它

的周身，有一圈淡淡的螢光光圈，和森林裏目擊者描述的
一樣。

「博士，我看清楚了，是個翼人怪，他在向我們飛
來，想繞過去……」沃克警官駕駛的直升機裏，傳來帕西
克的聲音。

「正面攔截，一定截住它，你是第一道防線，也是最
後一道防線。」南森高聲喊着。

天空上，翼人怪已經飛行到了C方位直升機的右側位
置，兩者相距一百多米。帕西克叫德米稍微轉動了一下機
身，他把直升機的右側艙門打開，自己略轉動了一下身
體。翼人怪瞪大眼睛，看着帕西克，它的長翼加起來有四
米多長，看不見那長翼擺動，但是速度卻在加快。

「凝固氣流彈——」帕西克大喊一聲，手掌猛地推
出。

「嗖——嗖——嗖——」連續三枚凝固氣流彈直直地
向翼人怪飛了過去。翼人怪大吃一驚，它原本以為遭遇到
一架普通直升機，繞過去即可，但是靠近後，尤其是帕西
克打開了艙門，翼人怪感覺到了不對，它剛剛加速，氣流
彈就飛了過來。

翼人怪在空中閃躲射向自己的氣流彈，第一、二枚氣

流彈從它身體擦過後，「轟——轟——」地發生了爆炸，天空中頓時出現一片白霧，第三枚氣流彈直接打在翼人怪的腿上，「轟——」的一聲，翼人怪被炸得彈了起來。

白霧之中，翼人怪翻了兩個跟頭，隨後快速墜向地面，直升機駕駛員連忙壓低機頭，向下飛去，牢牢地盯着翼人怪。翼人怪向下落了一百多米後，突然停住，並且開始向上飛行了幾米，看到逼近的直升機，它猛地一伸手，一枚藍色的光球飛向直升機。

如果是魔法師單獨和魔怪交戰，他最大可能是閃躲，但是在直升機上，機身很大，駕駛員看到飛來的藍色光球，連忙操縱直升機躲避，但是這是沒有用的。魔法師帕西克一伸手，一束白色射線筆直地飛向藍色光球，「轟——」的一聲，射線命中了光球，光球在空中爆炸，距離直升機有六、七十米的距離。

翼人怪看到自己的攻擊被破解，轉身就向直升機右側飛去，試圖逃離。駕駛員德米操縱直升機跟上，從側面接近翼人怪。

遠方，傳來直升機螺旋槳「嗒嗒嗒」的轟鳴聲，D方位直升機迎着翼人怪逃竄的方向趕來，翼人怪看到了直升機，先是一驚，隨即在空中緊急懸停。

「嗖——嗖——」D方位直升機上，兩枚凝固氣流彈從五百米外的方向直射向翼人怪，翼人怪慌忙閃躲，兩枚氣流彈接連在他身邊爆炸，又是一陣白霧生成，翼人怪的身體顫抖着，從白霧中衝出來，它一臉的驚恐。

C方位直升機的左側，又傳來直升機的轟鳴聲，這是B方位直升機正在靠近。翼人怪看到面前有三架直升機，胡亂向三架直升機射出三枚藍色光球，隨即轉身就向地面飛去。

「跟上去——」帕西克大聲地對德米喊道，「別讓它跑了——」

德米急速下降，向地面方向跟了上去，下面是一片河谷地帶，河谷兩岸都是森林。

「嗖——嗖——嗖——」帕西克向急速逃離的翼人怪射出了三枚凝固氣流彈，翼人怪奔逃的速度非常快，氣流彈在它身後接連爆炸，產生一團白霧。接着，直升機穿過白霧，此時直升機距離地面已經不足五十米了。翼人怪一頭就鑽進了森林裏，德米則無奈地升高直升機，三架直升機在距離地面三十多米的空中形成一個「Ｖ」字。直升機不能再向下了，再向下就撞擊地面了。

「貼着地面飛行——」帕西克一手緊緊地拉着安全扶

手，一隻手拿着幽靈雷達對着地面。

翼人怪逃進了森林，帕西克想用幽靈雷達把它找出來。天空中，另外兩架直升機也快速降下來。

「向北，快向北──」帕西克大喊着，他手裏的幽靈雷達顯示北部三百多米處有個魔怪反應。

德米連忙轉向北面，機身幾乎擦着樹梢向前飛行。帕西克把幽靈雷達伸出了艙外，對着地面探測着。剛才那個魔鬼反應在幽靈雷達上的西面方位又閃動了一下，不過隨即就消失了。

「目標微弱──」帕西克緊張地喊道，「德米，轉向西面──」

德米連忙把直升機轉向西面，帕西克是憑着感覺和幽靈雷達最後的提示，向西尋找，但是這次他完全失去了目標。

另外兩架飛機也低飛過來，一同加入了搜索，這時，南森他們的直升機飛到了搜索地面的直升機的頭頂上。

「帕西克，帕西克，現在情況怎麼樣？」南森拿着對講機問道。

「博士，情況很糟，魔怪脫逃了。」帕西克有些垂頭喪氣地說，「落地後它有了樹木的掩護，我根本就看不見

魔怪到底逃到
哪裏了？

地面，它移動起來也很快，我的幽靈雷達沒有跟蹤到。」

「轟──轟──轟──」幾聲爆炸聲傳來，兩架支援直升機上，魔法師對着樹林裏射出了幾枚凝固氣流彈，氣流彈在樹林中炸響，這是魔法師們憑感覺的射擊，有些盲目，希望通過這樣的攻擊把魔怪轟出樹林。

「結束搜索，不要射擊氣流彈了。」南森拿着對講機，一臉嚴肅地看着下面的森林，「現在改變策略，所有方位的直升機開始沿着森林周圍不定時警戒巡邏，帕西克，你們跟上我們的直升機，到沃克鎮警察局來。」

「是。」帕西克連忙回答。

第八章　影像合成

天空中，南森他們的直升機開始向回飛行，帕西克的直升機連忙跟在後面。另外兩架前來支援的直升機各自向自己的方位飛去。發現魔怪的森林上空，很快就回復了平靜。

兩架直升機落在了沃克鎮警察局的樓頂上，此時的天空，已經黑了下來。南森他們來到警察局的一間會議室，對於剛才帕西克和翼人怪的交戰情況，南森要詳盡了解。

帕西克和駕駛員德米把欄和攻擊魔怪的情況原原本本講給了南森聽，帕西克特別提到他能完全確認，魔怪就是一個翼人怪。這種鳥魔的遠祖是鷹，經過不斷魔化後變成有着人類外形的魔怪，在地面活動的時候，兩個長翼能緊密地摺疊和收縮在後肩，飛行時長翼

打開，振動飛行。長翼的振動幅度很小，幾乎看不見，但是頻率極高，每秒鐘振動次數能達到十次，依此產生的高頻氣流能推升翼人怪起飛，並在空中靈活飛行，一點也不輸給任何鳥類。帕西克曾在二十年前接觸過翼人怪，所以非常肯定。

「如果是翼人怪，那麼很多事情可以確定了。」南森的手在桌子上敲了兩下，「失蹤飛機就是它運來的，它完全有這個能力，只不過，這類魔怪比其他魔怪有更強的飛行能力，但是攻擊能力較低，這也就是翼人怪反擊帕西克的力度明顯很低的原因。」

「是這樣的，它的攻擊力不行，但是飛行和隱蔽能力超強，我本來用幽靈雷達鎖定它了，可是它進入森林後，幾下就擺脫我了。」

　　「可就是這隱蔽能力，令人頭疼呀。現在他又逃進了森林，而且是很大的一片森林。」南森有些憂心地說，「它現在也知道有魔法師在抓捕它了，我們的隱蔽行動已經完全失敗了。」

　　「它不會現在就逃出森林了吧？」海倫有些焦急地問。

　　「那還不會，它受了驚嚇，應該在森林裏躲避起來。現在，這片森林就是它最好的防護裝置。出了森林，就是人類活動區，而且森林周圍，我已經讓直升機警戒巡邏了。」南森環視着眾人，說道。

　　「那它還在原地嗎？」海倫看着桌子上攤開的博多森林公園地圖，「地圖上顯示，翼人怪跳下去的地方叫蘿拉河谷，它就是在這個區域消失的。」

　　「這就是我們要找的重點區域。」南森指了指地圖，「剛才四架直升機，包括我們的直升機，全在蘿拉河谷上飛行，翼人怪要是在林中逃竄，就是一個移動目標，這樣更容易被發現，我要是它，就會選擇一個隱蔽處藏起來，等直升機走了，再做決定。注意，剛才帕西克他們在蘿拉河谷上空巡航搜索了半天，沒有發現任何魔怪跡象，我覺得翼人怪遮蔽了自己的魔怪反應，它們是有這個能

力的。」

「博士説得對，翼人怪的確有遮蔽自身魔怪反應的能力，上學的時候教授也説過。」海倫此時有些憂心忡忡的，「既然翼人怪知道自己被抓捕，一定會使用這個功能，那麼我們在空中使用幽靈雷達搜索的辦法就不會有效果了。」

「讓人下去呢？」派恩看看海倫，「到原始森林裏去搜查，會不會路太難走了？」

「路難走，一旦開路前進，反倒會驚動翼人怪。」海倫搖着頭説，「關鍵是幽靈雷達帶進去也用不上了，翼人怪遮蔽了魔怪反應了。」

「這可怎麼辦？」派恩緊握着拳頭，滿臉焦急。

「目前先用直升機在森林周邊巡邏。在森林上空也要巡航搜索……」南森一副深思的樣子，「這樣做更大的目的是壓制住它，把它禁錮在森林裏，不讓它起飛。然後我們再想辦法……德米警官，帕西克，最近要辛苦你們了。」

「沒問題，不辛苦。」德米和帕西克連忙説。

「今天的行動，我們也是有重大收穫的，大家也不要灰心。」南森用鼓勵的目光看看小助手，「我們確定了魔

怪就是翼人怪，而且還把它壓制在了森林裏，這都是明顯的進展，接下來，確實要想辦法找到它。」

小助手們受到鼓舞，派恩明顯也不那麼焦急了。南森又低頭看了看地圖，然後看了看德米。

「我想先要充分了解這個翼人怪，和翼人怪交戰的場景，警用直升機有攝錄機的，都攝錄下來了吧？當然，翼人怪是魔怪，攝錄機裏不能成像。」

「全程拍攝，錄影資料可以馬上給您。」德米警官說道。

「幽靈雷達也對翼人怪全程攝錄了吧？」南森看看帕西克。

「按照您的要求，全部攝錄了，翼人怪在雷達攝錄系統中，是以外形的虛影成像的。」帕西克説。

「好的。」南森點點頭，「把兩份攝錄資料全部傳送給老伙計，他能合成一下，這樣就形成一個較完整、有魔怪圖像的影片了。根據這些影片我們要做個仔細的分析。」

「那我馬上去飛機上。」德米看了看保羅，他第一次接觸會説話的小狗，充滿好奇，「那麼……你跟我來，我把資料傳輸給你，可以嗎？」

「走吧。」保羅點點頭，「然後我回來接收帕西克先生的雷達資料……」

德米和帕西克先後把資料傳輸給保羅後，乘坐直升機走了。接下來他們不但要守住C方位的位置，還要定期在森林上空巡航。此時警方已經在博多森林公園的各個入口派出了警員，攔阻進入公園的登山客，這一情況要等到翼人怪被抓住才能解除了。

南森他們回到了旅館，保羅很快就完成了兩段影片的合成，並且把合成影片發送到了南森的電腦上，南森打開影片，和小助手們坐在電腦前，一起觀看，他們要對翼人怪有更加直觀、深入的了解。

電腦熒幕上，先是一片空白天空，這個時間臨近傍晚，地面稍顯昏暗，但是天空還是比較明亮的，由於德米的飛機距離地面不遠，遠處的青山能看得很清楚。正式的影像開始於十五秒後，遠處天空出現了一個亮點，隨後，亮點逐漸變大，翼人怪清晰的外形輪廓線出現在熒幕上，這是幽靈雷達記錄的資料，幽靈雷達不是攝影設備，只能根據資料匯總繪製出翼人怪的外形，不過這也能反映當時的一切了。

德米和帕西克的對話，後來的交戰，全部被影片展現

了出來。南森他們都認真地看着，直到翼人怪降落進了森林，直升機快速地升起。播放了一遍後，南森重新播放了一遍。

「攻擊力有限，飛行能力強，隱身能力強。」第二遍影片播放完畢後，南森説道，「從河谷的地貌看，向北一千米和向西一千五百米，就是一片開闊地，翼人怪從這兩個方向逃走的可能性不大，當然進入夜間，也可能借助夜色掩護，逃到別的林地去。」

「向南有一條大河，如果越過河面，翼人怪就要飛行過河面，也可能被發現。」海倫補充説，「我覺得他向南

逃走的可能性也不大。」

「那就只有東面的樹林了，這片樹林和其他林地相連。」南森點點頭，他拿過地圖，看了看上面的標記，「這裏有我們投放的幽靈雷達，但是它要是隱去魔怪反應，幽靈雷達捕捉到信號的可能性不大。」

「非常靠近會有一點點反應。」保羅半蹲在桌子邊，說道。

「那就屬於僥倖了，我們不要有僥倖心理。」南森皺着眉，「不過呢，這樣茂密的森林，如果不能飛越過去，我們行走會很困難，魔怪也一樣。如果我們的直升機持續在這個區域搜索，翼人怪搞不清楚狀況，不敢貿然飛離這裏的。」

「沃克警官説夜間他們也會打開燈照射地面搜索的。」本傑明指了指蘿拉河谷方向，説道，「出警察局的時候他説十點會叫我去飛一班，因為每架出勤的直升機上都要配備一名魔法師，八架直升機會輪番去。」

正説着話，本傑明的手機響了，他連忙接聽，説了幾句後，他收起了電話。

「我要去巡邏了。」本傑明説着向外走去，「看我把翼人怪活捉回來。」

「才怪呢。」派恩很是不信地說，「我天下第一超級無敵魔幻小神探都不敢這樣說，這麼複雜的案子，你巡邏一次就解決了？」

本傑明也不理他，出門了。南森他們繼續分析案情，從影片中，大家也確實能發現，翼人怪的攻擊能力和手段有限，但這也許令到魔法師們在具體抓捕的時候，略輕鬆一些，現在關鍵在於怎麼在蘿拉河谷這個地區找到翼人怪。

大家討論了一會，已經到了晚上十一點多了。本傑明回來還要有一會時間，南森看了看錶。

「今天很晚了，明天我們搜集一下翼人怪的資料，全面了解它的習性和出沒特點，你們先休息。」

「博士，你也很累了。」派恩關心地說道。

「我再等一下本傑明，他快要回來了。」南森笑了笑，「你們先去休息吧，我再看一遍影片。」

小助手們去休息了，保羅又跳上了窗台。

「博士，你要是累了，也去休息，我等着本傑明。」保羅說着趴在了窗台上，「雖然翼人怪會遮蔽掉魔怪反應，但是萬一沒有遮蔽乾淨被幽靈雷達發現了呢，我就在這裏守着。」

第九章　一個線索

第二天一早，派恩起來的時候，海倫已經在客廳裏了，本傑明昨晚將近十二點才回來，此時還在休息。

「守在這裏沒用的，不如我們去森林裏走走。」海倫站在窗台旁勸説保羅，「走深一些，也許能發現什麼。」

「飛機在天上來回飛都沒有發現什麼。」保羅搖着頭説，「嗨，我説海倫，博士讓你收集的翼人怪資料找得怎麼樣了？」

「翼人怪資料很少，它在地面的生活和其他魔怪也沒什麼兩樣，特別喜歡陰暗潮濕的地方作巢穴。」海倫説，「在森林裏會搭建半穴式的家，或者隱身在山洞裏。」

「這片的山洞可多了。」保羅有些無奈地説。

「是呀。」海倫説道，「你等會，我去給博士倒杯咖啡，一會我們出去看看。」

「昨天晚上，我都聽見直升機回來的聲音了。」派恩説着走到電腦前的南森身邊，「博士，有什麼……發現？」

「會有的，會有的。」南森看看派恩，笑了笑，「如果沒有發現，那是因為我們研究得還不透徹。」

「博士，你喝咖啡吧。」海倫端過來一杯咖啡，她看看派恩，「我說派恩，不要打擾博士。今天沃克警官的直升機巡邏，你跟着去。」

「我就想去呢……」派恩連忙說，他轉身向沙發走去，迎面差點撞上從窗台上跳下來的保羅，「嗨，老保羅，鑽來鑽去的，你倒是很靈活，可差點撞到我。」

「不是沒撞到嗎？」保羅飛快地跑到海倫身邊，「我要和海倫出去。」

「稍等一下。」南森突然大聲地說，大家聽到南森的話，都一愣。

南森盯着保羅看，保羅被看得很是不自然。

「博士，我……做錯什麼了嗎？」保羅問道，「還是我靈活的身姿讓你感到佩服？」

「老伙計，你剛才鑽來鑽去的，讓我想到……」南森用力點點頭，「好吧，大家先不要管我，你們該幹什麼就幹什麼，我去再看一遍影片。」

「噢，看了好幾遍了，還要看。」保羅說着看看海倫，「你稍等會，我也去看看，是不是博士發現了什

94

麼？」

　　海倫也跟過去，保羅跳到了桌子上，和南森一起看影片。南森在電腦上找到保羅合成的那段圍堵翼人怪的影片，打開後，開啟了兩倍速度的快進模式收看。

　　影片播放了兩分鐘，突然，南森按下按鍵，正常播放影片，他緊緊地盯着熒幕。影片播放的內容，是直升機急速下降，追趕逃進森林的翼人怪。

　　南森看了十秒鐘，再次重播。海倫和保羅也瞪大眼睛，看着影片，但是不知道南森在看的具體內容。

　　「地面上，空地上，發現什麼了嗎？」南森問道。

　　「嗯……」海倫瞪大眼睛，看着電腦熒幕，「好像有個什麼東西，是個動物吧。」

　　「白貂。」南森説着開始放大畫面，並且定格，「在樹林裏鑽來鑽去的白色水貂。」

　　本傑明和派恩也圍了過來，放大後的畫面，出現了一隻白色水貂，這隻水貂仰着頭，似乎在看直升機。當時的直升機下降的時候，機頭向下，所以攝錄機清晰地拍到了地面上的一切景物，因為不在攝錄機裏成像而被保羅合成進去的翼人怪，在畫面中央位置，白色水貂則在畫面的右下角，此時已經被完全放大。

　　「這是我們第三次看到這隻白貂了，沒錯，這就是高沼國家森林公園裏，被保羅抓住的那隻白貂。」南森的語氣斬釘截鐵。

　　「啊，是牠，我記得，就是牠。」保羅連忙叫起來。

　　「那天我們在博多森林公園裏投放幽靈雷達的時候，我看到一隻白貂，應該也是牠。」南森看着熒幕，「野外生存的白色水貂遠比深棕色皮毛的水貂少，另外，看牠的動作，應該能判斷出這隻白貂就是被保羅抓到的那隻，我當時確實有些大意了，認為這就是一隻博多森林公園的白貂，和高沼森林公園那隻僅僅是顏色一樣而已。現在牠第三次出現，這個問題就沒那麼簡單了，三隻白貂，其實都是保羅抓到的那一隻。」

「博士，你是説那隻白貂從高沼森林公園跑到這裏來了？」本傑明問。

「有目的而來。」南森點點頭，「我們開車從高沼公園回到這裏，牠可沒有車開，一路步行前進，第二天才來到這個公園裏，剛好被我在直升機上看到……難怪老伙計抓牠前發現了一些魔怪反應，這隻白貂不是普通水貂，牠正在魔性化過程中，不過牠還能在攝錄機裏成像，魔性化程度極低，所以保羅探測到一點魔怪反應，抓到牠後又搜索不到了，因為牠本身魔性化程度低，被抓到後輕鬆隱去了自己那一點點魔性。」

「博士，這樣説……這隻水貂和翼人怪是一夥的？」本傑明想了想，「否則牠來這裏幹什麼？」

「來這裏是給翼人怪通風報信的。我們在高沼公園那裏説的話、做的事，都給牠看到聽到了，起碼牠是知道我們在尋找翼人怪的，所以牠跑到這裏來，告訴了翼人怪。」南森認真地説，「這也就是為什麼翼人怪突然起飛，想要飛離這裏的原因。從我看到水貂，到翼人怪起飛，隔了好幾個小時，説明白貂找到翼人怪也用了一些時間。」

「一個天上飛，一個水裏游的。」派恩聳聳肩，「這

下我們有兩個目標了。」

「影片上的這隻白貂，正在看着翼人怪和我們的交戰情況呢。」南森又看看電腦熒幕，「看看那表情，正在為翼人怪擔心呢，確實可以説他們是一夥的，這也就為我們提供了一個機會。」

「什麼機會？」幾個小助手異口同聲地問。

「現在的情況是，翼人怪會遮蔽魔怪反應，我們投放的幽靈雷達基本起不到作用了。而進入原始森林搜索翼人怪，一定會驚動它，況且林地面積過大，我們查找很難。」南森説着看看保羅，「老伙計，那天你抓到白貂，牠的基本資料收錄了吧？你有這個功能。」

「收錄了，抓到的時候記錄系統自動啟動，把牠的資料收錄下來了，我還沒有刪除。案件沒有結束，任何資料都不能刪除，這是你一直説的。」保羅晃了晃頭。

「很好。」南森滿意地點點頭，「白貂的氣味資料呢？這種動物都有自身獨特的氣味。」

「保留着。」

「老伙計，你變化成水貂，進入到蘿拉河谷地區，通過氣味找到白貂，找到白貂就找到翼人怪了。」南森比劃着説，「逃回森林的翼人怪一定和白貂在一起。」

98

「可以呀。」保羅興奮地跳了跳，「我現在就去，只要白貂還在蘿拉河谷，我一定能找到牠，只不過時間長短就不一定了，蘿拉河谷地帶可不小。」

「千萬要小心，發現白貂後不要緊張，及時傳回資訊。」南森叮嚀地説，「白貂是一隻正在魔化的動物，魔性極弱，不可能發現你是變化的，但是你還是要小心。你可能會遇到意想不到的情況，要隨機應變，千萬不能發生打鬥。如果翼人怪上來幫忙，我們又不能及時趕到，你就會面臨很大的危險。」

「我明白。」保羅連忙説，「這事就交給我吧，我知道怎麼處理。」

「博士，這個辦法真好。」海倫在一邊讚歎地説，她看着保羅，「老保羅，一切就看你的了。」

「我們在天黑後把你投放下去，那樣直升機飛過去後，即便翼人怪看向天空，也不會察覺你降落下去。」南森又想了想，「而且你在原始森林中穿行，比我們走路可容易得多。」

九小時後，南森他們在沃克鎮警察局的樓頂上了直升機，直升機起飛後，快速向蘿拉河谷上空飛去。保羅在機艙的門旁站着，一副神氣活現的樣子。

「我的老伙計到了地面後，河谷上空的巡查以及森林周圍的巡查要一直繼續，保持壓力，不能讓地面隱藏的翼人怪感到逃脫的機會，我們要把它控制在這個區域。」南森此時坐在副駕駛位置上，對駕駛着飛機的沃克警官説。

「沒問題，會一直持續下去的。」沃克警官説，他向地面方向看了看，天色已經黑下來了，他又看看儀錶盤，「我們快到了。」

「我準備好了。」保羅的聲音從機艙中傳來。

南森轉回頭一看，一隻深褐色皮毛的水貂站在機艙旁，這是保羅變化的，保羅站立起身子，晃着腦袋，一邊的海倫很是讚許地看着他。

「隨機應變，不要慌張。」南森再次叮囑道。

「放心，我身經百戰。」保羅很是得意地説。

轟鳴的直升機飛到了蘿拉河谷上，沃克把飛機的高度降低到距離地面三、四十米的高度，並將飛行速度降到了最低。

「可以降落了。」沃克警官説道。

本傑明把艙門打開，保羅走到艙門口。

「再見，我能輕鬆抓住翼人怪。」保羅回頭對大家笑了笑，隨後縱身一躍，跳出了艙門。

「不要魯莽——」南森連忙説。

保羅跳出艙門後，隨即翻翻身子。

「輕輕的我輕輕地飄——」

隨着保羅的魔法口訣，保羅的身子立即像是空中飄浮的一張紙一樣，慢慢地向下落，有時候身子還在風力的作用下，向上抬升一下。

地面上，一片昏暗，借着月光，能依稀看見森林的輪廓，保羅慢慢地降落着，看着遠去的直升機，經過了將近一分鐘，保羅才穩穩地穿過樹梢，落在了地面上。

四周，幾乎漆黑不見任何物體。保羅向前走了幾步，前方似乎有一塊石頭，地面是苔蘚，走上去有些滑，遠處，有潺潺的流水聲。

保羅一直開啟着定位系統，他又把夜視功能打開，看清了地面的情況，這是一片林地，前方又很多斷枝，還有一塊巨大的石頭。

「平安着陸。」保羅小聲地説，他的話會通過自身的通訊系統傳給南森，「着陸點在蘿拉河谷的西端，靠近蘿拉河。」

「收到，我們馬上就返回了。」南森的聲音出現在保羅的通訊系統裏，「先熟悉好周邊地形狀況，再開始找尋

目標，隨時保持聯繫。」

「放心吧，博士。」保羅繞過了那塊大石頭，「情況都很好……啊……」

「怎麼了？」南森連忙喊道，「老伙計，怎麼了？」

一隻很大的狐狸，從一根高大的斷枝後飛身躍出，按住了保羅，保羅用力一掙，擺脫了狐狸，但是狐狸一口已經咬了下來，不過隨即那隻狐狸疼得跳了起來，因為牠咬

在了保羅的鋼鐵身板上。

「去——」保羅一掌打過去，打在狐狸的前肢上，差點把牠的前肢打斷。

狐狸慘叫了兩聲，轉身就跑。保羅不屑地看着逃走的狐狸，也不去追。

「沒什麼，小事情。」保羅説道，「有隻狐狸，居然敢偷襲我，解決了。」

「注意安全，盡量不用魔法解決和普通動物之間的衝突。」南森鬆了一口氣，「我們到樓頂了，馬上回旅館。」

第十章　緊急呼叫

保羅答應一聲，又向前跑去，他跑到一棵大樹下，抬頭看了看纏着藤蔓、高大的樹幹，轉身就爬了上去。

在大樹最高端的樹杈上，保羅向四下看去，夜視的影像在保羅眼裏也是有色彩的，這裏到處都是樹。地面上，一些移動的小動物在保羅眼裏呈現出來的影像加了一個螢光外邊，森林中，夜晚出來活動的動物還是很不少的。

保羅沿着藤蔓下到了樹下，這裏都處都是斷枝，長長的藤蔓纏繞着各棵大樹，如果是人在這裏走路，非常困難，幾乎是寸步難行。不過保羅可以在藤蔓中找到間隙鑽過去。

按照計劃，保羅向蘿拉河谷的中心地帶跑去，那裏距離翼人怪落地的地方不遠，保羅早就開啟了氣味找尋系統，系統已經牢記了那隻白貂的味道，距離五百米左右就能提醒保羅。根據計算，用一天的時間就能把蘿拉河谷地帶拉網走一遍，只要白貂沒有大跨度移動或者離開這裏，一定能找到牠。

　　保羅跨過了一條小溪，他很想遇到幾隻真正的水貂，變化成水貂的保羅能用水貂間簡單的「語言」了解這個地帶的情況，也許能很快打探出白貂的下落，在這個地帶，自己和那隻白貂都屬於外來的。

　　保羅行進了將近一個小時，來到了蘿拉河谷的中心地帶，此時已經臨近午夜時分了，一路上倒是沒有再遇到別的動物的襲擊。河谷地帶的中心區域，有一大片沒有樹木的草地，蘿拉河從草地中央穿過，這是一條寬二十多米的河，河水的水流有些急，保羅來到河邊，向水裏看了看。

　　如果要過河，就要游到對面去。保羅立起身子，向四周聞了聞，並沒有白貂的味道。他考慮是先沿着河向北，還是游過去向東。

　　河邊有一塊石頭，保羅跑過去，站在石頭上，立起身子。向北看去，連綿的森林，還有小的山丘，向東看去，有大片的草場和樹林。

　　「還是山丘和森林容易藏身。」保羅小聲地自言自語道，「向北前進。」

　　保羅說完，跳下了石頭，隨後沿着河向北走去，很快，他走出了草地，進入到了一片大森林之中。

　　「嗖——嗖——」兩隻兔子飛快地從保羅面前跑了過

去，嚇了他一跳。保羅皺皺眉，隨後繼續向前。

「保羅，情況怎麼樣？」保羅的語音系統中，海倫的聲音傳來，「我們還沒有休息，都等着你的消息呢。」

「我沿着河向蘿拉河谷的北方前進呢。」保羅說道，「你們先休息，有情況我會立即通知你們，看這樣子要找很長時間呢，不會馬上發現它們的。」

「你注意安全，千萬要小心。」海倫很會擔心地說。

和海倫通話完畢，保羅繼續前行。前面的路對變化成水貂的保羅來說，也有點不好走，他想乾脆跳進河裏游向前面，這樣會更輕鬆些，但是進入水中會增加找尋氣味的難度，保羅放棄了這個念頭，繼續艱難地在樹枝和藤蔓中穿行。

一路上還算是平安無事，將近凌晨的時候，保羅到達了蘿拉河谷的北部地方，再向前，就是已經被開發過的、有人類深入活動的林地了，翼人怪應該不會藏在那裏。

保羅飛快地爬到一棵大樹上，遠處的天際線，已經微微發白了。保羅一直找尋的那個氣味還沒有出現，他也不奢求立即找到白貂。保羅站在枝杈上，看着四下，盤算着下一個方向。

保羅決定，在樹上休息一下，下去後游過河，向東前

進，那個方向距離翼人怪逃進去的森林也不遠。

　　近二十公里外的沃克鎮上，南森休息了一晚，早早起來，他一直在等待保羅的消息，他覺得，保羅快要找到目標了。

　　保羅下到樹下的時候，天色已經慢慢亮了起來，早晨來到了。保羅走在昏暗的森林裏，來到一塊小小的開闊地，他關閉了夜視功能，前方十幾米處，就是蘿拉河的河岸了。保羅來到河岸邊，看了看蘿拉河，跳進了水裏，向東岸游去。

　　這個河段不寬，保羅很快就游到了對面的河岸，上岸後，他開始用力抖身上的毛，隨後，他向前走去，前面又是一大片的森林，忽然，他一直找尋的味道從身邊飄了過來。

　　保羅興奮又緊張，他順着味道傳來的地方看去，大概不到一百米的河面上，那隻白貂正在岸邊的幾株灌木中。保羅和白貂之間，是一片開闊地，沒有任何障礙物，天已經亮了，保羅看到了白貂，白貂也看到了保羅。

　　本想隱藏跟蹤白貂的保羅已經暴露，他乾脆向着白貂衝了過去，他要把自己表現得更像是一隻普通的動物，不引起白貂的疑心。轉眼間就衝到白貂面前，那隻白貂有點

不知所措，不過牠沒有逃走，牠的眼裏，僅僅是一隻深色皮毛的「當地」水貂朝自己衝來。

「外來的？」保羅向前撲了一下，把白貂重重一推，保羅用系統裏翻譯的水貂用語説道，這種用語對話極為簡單，「你不是這裏的。」

「是，是。」白貂翻身倒下，隨後亮出肚皮，這是一種服從、沒有敵意的重要表現，「很快就會走。」

「你住在哪裏？」保羅又問，他已經暗自檢測出了白貂身上的魔怪反應，非常弱，不是距離近根本發現不了。

「前面，我很快就走。」白貂的樣子很是友善。

白貂看了看保羅，看到保羅沒有難為自己的意思，轉身就走。保羅停頓了一下，想了想，隨即緊緊地跟上。自己的偽裝非常成功，這隻白貂沒有一絲的防範意識，保羅暗自得意。

白貂向前鑽進了森林裏，牠跑進去大概兩百多米，保羅緊緊地跟着，雖然聞味道就能跟蹤到白貂，但是保羅表現得像是一隻纏着同伴的動物那樣，白貂還回頭看了兩次保羅，也不在意保羅跟着自己，只顧向前跑着。

在一處藤蔓亂纏的大樹下，白貂停了下來，前面，有一處斷枝堆積的地方，斷枝上方，覆蓋着厚厚的落葉，一

些藤條搭在上面，藤條上生了很多苔蘚。在斷枝下方，有一個一米多寬的黑洞。

「噠噠噠噠——」天空中，傳來直升機的轟鳴聲，隨即，一架直升機從上方飛過。這是例行巡邏的直升機。白貂豎起身子，略緊張地抬頭看着天空，上方是大樹巨大的樹冠，只能聽到聲音，根本看不到直升機。保羅則表現得一副無所謂的樣子。

直升機飛遠了，白貂忽然一竄，鑽進了那個黑洞。保羅則站住了，他感到黑洞就是魔怪巢穴。

「博士，博士，緊急呼叫，我是保羅。」保羅用語音系統開始呼叫南森，他不用發出聲音，一切語音都用系統發送出去，接到的語音也不會傳送出來，他採用的是靜默傳輸方式，「白貂已經找到，牠鑽進了一個地穴，不知道翼人怪在不在裏面。我決定進去看看，白貂對我沒有任何防備，以為我就是森林裏的同類動物。」

「小心，如果有危險馬上出來。」南森的聲音傳送了過來，「我們馬上趕過來……」

「好的，具體方位我已經發送給你們了。」保羅說着看看黑洞，「我現在就進去。」

保羅鼓勵了自己一下，他要進去看看裏面究竟只住

着白貂，還是翼人怪也住在裏面，看洞口的大小，白貂找的巢穴不會有這麼大的洞口。保羅一躍，一頭扎向洞口，他剛到洞口，就被狠狠地撞了一下，保羅被頂了出來，他「吱」地叫了起來。

「怎麼還帶同伴來了呢？」翼人怪爬出了洞口，它捂着撞到保羅的頭，回頭對裏面説道。

「牠自己跟來的，我也沒讓牠來。」白貂的聲音傳出來。

翼人怪走了出來，看了看保羅，保羅嚇得立即鑽到一邊，他的表演非常到位，那樣子就像是一隻小動物看到人類一樣。

「沒事，沒事，不用跑。」翼人怪看看保羅，保羅則鑽到灌木下，翼人怪找不到保羅，「比奇，你的同伴跑了。」

「不認識，不管牠。」白貂説。

翼人怪不再去找保羅，它走出洞穴，抬頭看着天空，一臉的凝重。

「白天飛，晚上也飛，我跑不出去了。」

「快回來吧，小心被飛機發現你。」白貂叫了起來。

翼人怪又看了看四周，轉身鑽到了洞穴裏去。

保羅屏着呼吸，轉到了一棵樹的後面，這裏斜對着洞口，大概有三十米的距離，保羅控制着自己的激動。

「博士，你們出發了嗎？翼人怪就在洞裏，我現在守在洞口處，你們的飛機千萬不要飛到我的頭頂上方，這樣會驚動他。」

保羅發出了訊息，他靜靜地看着遠處的洞口，微風把他面前的幾株小草吹得輕微地擺動着。

「我們正在趕來，我們會在距離你五百米外的地方跳下來，游水過來。這樣不用穿越森林，速度更快。」南森的訊息傳來，「你再耐心等待一下。」

洞穴那裏，一片寂靜。保羅向洞穴裏發出了兩道魔怪反應探測信號，完全沒有回應，而翼人怪就在裏面，看來他完全遮蔽住了自己的魔怪反應。不過保羅直直地盯着眼前的幾株小草，似乎發現了什麼。

「博士，你們上岸後千萬不要直接過來。」保羅再次發出訊息，「風從南面吹過來，洞口正對着南面，你們從南面過來，氣味會被直接吹進洞穴裏，白貂是聞到過你們的氣味的，這種正在生成魔性的動物對人類的氣味最為敏感，我是機器結構，沒有味道，我擔心我們用氣味找到白貂，白貂同樣也能發現我們。」

　　「老伙計，想得非常周全。」南森誇讚的語氣傳來，「我們上岸後就在原地，到了再想辦法……我們就要到河面上了……」

第十一章　保羅的非常規戰術

遠處，有直升機的聲音傳來，不是很大，保羅知道那是南森他們乘坐的直升機，不到一分鐘，直升機的聲音遠去了，保羅知道南森他們已經躍進河裏，正在游向這邊。

保羅看着不遠處的洞口，他最擔心翼人怪跑出來，不過一切還好。過了幾分鐘，南森的聲音傳來，告訴保羅他們已經上岸，就在岸邊的一塊石頭後集結。

保羅又看看洞口，轉身就向岸邊跑去，快到岸邊，一塊巨大的石頭矗立在那裏，保羅跑過去，本傑明的頭從石頭後探出來。

「保羅，這裏。」本傑明招了招手。

保羅跑到石頭後，南森、海倫和派恩都在。

「博士，我有個辦法，我去那個洞裏去，把白貂引出來，我們先抓住白貂，翼人怪不知道你們的味道，而且翼人怪這類魔怪對氣味並不敏感。抓住白貂後你們再過去抓翼人怪。」

「好的，這個辦法好。」南森連連點頭。

「就引到這裏，你們先離開遠一些，到了這裏我就按住牠，我抓到過牠的，沒問題。」保羅很有信心地說。

「隨機應變，注意安全。」南森連忙說。

「放心吧。」保羅說着就向洞穴那裏跑去。

南森他們四下散開，對大石頭這裏形成一個包圍圈，抓捕一隻沒什麼魔性的白貂，相對容易，但是也不能掉以輕心，重要的是翼人怪就在洞穴裏呢。

保羅跑到洞口，停頓了一下，暗暗鼓勵了自己，隨後縱身鑽進洞穴。

洞穴裏，光線昏暗。翼人怪半躺在一團草墊上，看到保羅衝進來，嚇了一跳，立即坐起來，準備出手，不過看到是保羅，終於鬆了一口氣。翼人怪周身有一個淡光圈，略微把洞穴裏映出些光。

白貂爬在洞口邊上，似乎在睡覺，保羅衝進來也驚醒了牠。沒等牠清醒過來，保羅上去就猛推白貂。

「水塘，吃，魚。」保羅發出吱吱聲，表達自己的意思。

「這裏的魚不好吃。」白貂回答道，「漿果好吃。」

「牠找你出去，你就去吧，在這裏也沒什麼意思。」

翼人怪對白貂説。

「那就去吃漿果。」保羅用鼻子拱着白貂，「走吧。」

「好。」白貂同意了。

「跟上我。」保羅説着就向外跑去，他其實一直很擔心，唯恐被看出來。

保羅和白貂一前一後出了洞穴，保羅帶着白貂向岸邊跑去，白貂緊緊地跟着保羅，他們來到了那塊大石頭後，忽然，白貂停住了，牠立起身子，警惕地聞着。

「有……人……」白貂聲音有些顫抖地説。

保羅轉瞬間就變回了自己的本來模樣，白貂大吃一驚，剛想逃走，保羅上去就按住了白貂，白貂一個掙脱，居然擺脱了保羅的控制，躥了出去。

遠處，躲在樹後的南森他們已經從三面圍了過來，白貂一躥，跑出去幾米，牠轉身想跑回洞穴，迎面遇到本傑明，本傑明縱身一躍，一下就按住了白貂，他的雙手緊緊地卡住白貂，白貂光滑的皮毛很是容易脱手，這時，保羅追了上來，雙手壓住了白貂，白貂怎麼掙扎也擺脱不了。

派恩衝過來，用捆妖繩把白貂牢牢地捆住，白貂還叫了幾聲，但是牠的聲音不大，幾百米外的翼人怪根本就不

可能聽見。

「把牠先綁在這裏。」南森指着一棵樹説，「除非有人搭救，否則牠跑不了的。」

派恩把捆妖繩的一頭綁住另一條捆妖繩，把加長的捆妖繩綁在樹上，白貂被束縛着，動彈不得，牠的牙齒咬在捆妖繩上也絲毫不起作用。

「我們走。」南森擺了擺手。

保羅帶着大家，借着樹木的掩護，向洞穴那裏走過去，快到洞穴的時候，他擺了擺手，大家全部停下，隨後全部躲到一棵大樹後。

「就是那個洞穴，一個大坑，上面都是藤條和樹枝。」保羅把頭探出大樹，指着洞穴説道。

南森也把頭探出去，看了看那個洞穴，隨後，他躲回到大樹後。

「沒有其他出入口？」南森看看保羅。

「沒有別處有光透進去，應該沒有其他出入口。」保羅連忙説。

「變成白貂。」南森説了一句魔法口訣，他轉眼就變身成為剛才那隻被抓住的白貂，完全一模一樣。

小助手們都嚇了一跳，看着南森，南森立起身子，擺

了擺手。

「你們跟我到洞口，我這樣進去，出其不意地抓它。海倫，聽到裏面有打鬥聲，你立即跟進去幫忙。本傑明和保羅，你們把守住洞口。派恩，你去洞穴另一邊，慎防有隱蔽出口。」

小助手們都點點頭，南森隨即走出樹外，向洞口跑去。本傑明、海倫和保羅跟在南森身後，借助着樹木的掩護，來到洞口兩側，派恩則繞到洞穴的另一邊，森林裏的路很不好走，他們盡量不發出聲響。

南森站到了洞穴口，本傑明和海倫則躲在洞穴兩側，保羅站在海倫的腳邊，他晃晃身子，隨時準備打開導彈發射架。

變成白貂的南森對本傑明和海倫點點頭，鑽進了洞穴。一進去，他就看見翼人怪躺在草墊上。翼人怪看到「白貂」進來，立即坐了起來。

「這麼快就回來了？」翼人怪問。

「啊……是。」南森點點頭，此時翼人怪看着他，如果動手抓捕達不到突發的效果，南森想等到翼人怪躺下再動手，他猛地看到牆角有一條魚，「啊，我先吃魚。」

南森跑過去，翻弄了一下那條魚。這時，翼人怪突

然站了起來，南森用餘光看着翼人怪，心裏一沉。翼人怪的表情明顯不對，它突然加速衝向洞口，南森發現他要逃走，連忙上前阻攔，他都來不及變回自己的樣子，還是一隻水貂，哪裏能阻擋住翼人怪。他被翼人怪一腳就踢走了幾米遠。

「海倫——」南森大叫一聲，叫海倫進行阻攔，「攔住它——」

海倫聽到洞穴裏有響動，已經移動到了洞口，剛要衝進去，翼人怪飛快地鑽了出來，它看到了海倫，雙手猛地一推，推開了海倫。海倫倒在地上，還沒有起來，翼人怪已經躥出了洞口，它出了洞口後立即展開翅膀，縱身一躍，飛上天空，忽然，它停在了空中，距離地面有兩米多高，無論它怎麼用力，都無法再飛高。

翼人怪的腳腕，被捆妖繩的一端牢牢纏着，另一端，本傑明緊緊地拉着繩子，捆妖繩是本傑明拋出去的。翼人怪用力起飛，本傑明死死地拉着捆妖繩，他感覺自己都要被拉得起飛了。海倫已經站了起來，她也掏出捆妖繩，要把翼人怪纏住，一起把它拉下來。

「噹——」的一聲，有個東西狠狠地砸在了翼人怪的腦袋上，翼人怪慘叫一聲，一下就掉在地上，它暈了過

去，砸中翼人怪的東西也掉在了地上。

海倫走過去，看到掉在地上的東西，那是一枚追妖導彈，海倫嚇了一跳，不由自主地往後退了兩步，她害怕追妖導彈爆炸。

「本傑明經常使用的非常規戰術，我也會。」保羅走了過去，很是得意，他後背上的導彈發射架是打開的，而且少了一枚，「我關閉了引爆裝置，只有撞擊力，效果還不錯……海倫，快給我裝回來。」

海倫連忙把那枚追妖導彈揀起來給保羅裝上。本傑明則走到了翼人怪的身邊，它被追妖導彈擊中了腦袋，完全暈了。不過本傑明還是用捆妖繩把它捆住了。

「的確，攻擊力不強大，就知道逃跑。」本傑明看看海倫，隨後對洞穴後面喊道，「那個天下第一笨……過來吧，已經抓到它了。」

南森也從洞穴裏出來了，他變回了本來模樣，蹲下去看昏迷不醒的翼人怪，翼人怪僅僅是昏迷，南森晃了晃它，翼人怪微微動了動。它周身的光圈都淡了很多，這是魔力消耗後的表現。

「抓到了，這就抓到了？」派恩跑了過來，似乎有點不相信。

「順便去把那隻白貂帶來。」本傑明指了指岸邊，對派恩說，「我們都忙着呢。」

「就會使喚人。」派恩不滿地說，不過還是向岸邊跑去。

「醒了，它醒了。」海倫叫了起來。

翼人怪的確睜開了眼睛，它看了看四周，表情有些恐懼。海倫把翼人怪扶起來靠在一棵樹上。

第十二章　蓋房子

「你們……魔法師……」翼人怪開口了，它的聲音有些尖利，「抓我幹什麼？就因為我要蓋個房子？你們有這時間去抓那些害人的傢伙行不行？」

「什麼蓋房子？」本傑明拍了拍翼人怪的腦袋，「飛機失事，三條人命，這是我們要知道的，你愛蓋什麼房子就蓋什麼房子……」

正說着，派恩提着那隻白貂走了過來，隨手就把白貂扔在了翼人怪身邊。

「團聚了。」派恩嘲弄地說，「一個天上飛，一個水裏遊，配合默契呀。」

「你叫什麼？」南森走過去，蹲下身子，看着翼人怪，問道。

「我叫比奇。」白貂叫了起來。

「沒問你。」派恩指了指白貂。

「我叫布尼爾。」翼人怪看了看南森，「我從來就沒有幹過壞事……」

「我證明。」白貂立即跟着説。

「還會搶答了。」派恩拍拍白貂的腦袋，「沒問你，聽見了嗎？」

「我們不會無緣無故抓你，你知道自己的身分，是魔怪，這點你能否認嗎？」南森先是制止了派恩，隨後繼續看着翼人怪，「布尼爾，你最好能解釋這一切，我最想知道，高沼森林公園裏的飛機，是不是被你弄到這裏了，裏面那三個人是怎麼死的？」

「是被雷電擊中的，我親眼看見的。」白貂比奇大叫着，「和布尼爾無關，那天下大雨，還打雷，那架飛機被擊中後掉進湖裏了，我當時就在山頂上，看見了，後來我鑽到湖裏的時候，那三個人早就死了。」

派恩這次沒有打比奇，而是瞪大眼睛看着牠，聽着牠的描述。南森他們也很吃驚。

「幹嘛這樣看着我？」比奇反而疑惑起來，忽然，牠瞪大眼睛，「啊，你們不是懷疑我吧，哇，告訴你們，我在地上，那飛機在天上上千米飛，我這點魔性，能怎麼樣？你們也太看得起我了。」

「再給你加一百倍魔力，你也弄不下來一架飛機。」南森皺着眉，「你確定那架飛機是被雷電擊中的？」

　　「當然，獨角鹿、瘸腿兔都看見了，斷尾哈利也看見了，斷尾哈利也是一隻水貂。」比奇扭動着身子，「當然了，牠們都是普通的動物，沒有魔性，但是牠們都看見了。牠們現在還都在那邊生活着呢。」

　　「看你認識的這幾隻動物，有隻健全的嗎？」派恩有些哭笑不得地説。

　　「你看見了飛機是被雷電擊中的，而且掉進了湖裏，那麼……」南森説着轉頭看看布尼爾，「你是怎麼和這一切發生聯繫的呢？」

　　「福爾斯通山的山頂上，我要建一所能遮風擋雨的房

子，長期住在裏面。」布尼爾急着辯解，「知道嗎，那是山頂，沒有任何阻擋風雨的東西，比奇告訴我湖裏有一架十年前掉進去的飛機，兩頭去掉，機翼去掉，機身搬上山頂，再堵住兩邊，完美！那就是我想要的房子呀，還有玻璃透光，裏面還有長椅當牀。你們看，我外形有光圈的，晚上住在機身裏，把玻璃板拉下來，光也透不出去……」

「等一下，等一下——」南森聽得有些糊塗，「你不是在這裏的博多森林公園嗎？比奇在一百多公里外的高沼森林公園，牠怎麼會向你提供湖裏有飛機的資訊？你説清楚點，詳細一些……」

「好，好。」布尼爾連忙點着頭，「很簡單，我以前也不住在福爾斯通山，我從愛爾蘭來的。我來了英格蘭之後，選中了幾處森林公園，我到處看地形，選一個我想住下的地方，在高沼公園遇到了比奇。不過我覺得那裏不適合我居住，遊客太多，原始森林比這裏少，我還是喜歡這個公園裏福爾斯通山的山頂，那裏根本沒人能爬上去，我在山頂中央住着，下面就是有遊客，也看不到我，上面風景好，不受打擾，但是山上有些光禿禿的。比奇就告訴我，帕丁湖裏有一架失事飛機，可以用機身當我的房子，我就潛到湖裏，把飛機挖了出來，那飛機機頭本來就是斷

127

的，兩翼也斷了，我拆了機尾，就要機身……啊，那三個死者我給埋葬了，我好心好意地把他們埋葬了，要不然他們一直在湖水裏，你們不感謝我，還來抓我……」

「你把飛機弄到福爾斯通山，是晚上？」南森擺了擺手，問道。

「對呀，白天飛會被發現的……」布尼爾大聲地説。

「那麼『黑匣子』，就是飛行記錄儀，在山頂被你砸了？我們只發現一個零件。」南森繼續問道。

「什麼『黑匣子』？你説那個桔紅色的長盒子嗎？就在機背靠近尾部的地方。是桔紅色的，不是黑的。」

「俗稱是『黑匣子』……不過這不重要，你為什麼要砸掉它？」

「它閃着燈光呀。」布尼爾叫了起來，「我把機翼給拆了，那東西露出來了，本來機翼那裏就有很大損壞。不過那個黑什麼匣子露出來我也沒注意。我舉着機身，從帕丁湖這裏起飛，飛到了福爾斯通山頂，落地後忽然發現，那個黑什麼匣子上有個黃色的燈，一閃一閃的，要是這樣閃下去，我這裏成了燈塔了，我就把那個匣子拉了出來，用石頭砸了。」

「砸了以後呢？」

「順手扔到山下了。」布尼爾說，「山下都是樹林，你們沒找到吧。」

「那麼我們後來上了山頂，沒找到你，也沒看見飛機機身，這怎麼解釋？」南森語氣嚴重起來。

「哈哈哈……」布尼爾突然笑了，而且有些得意，「我知道你們是魔法師，那天上午，我看見你們向我這裏來了，我就抱着機身飛走了……」

「啊？」南森一愣。

「那天，你們在旁邊一座山的山頂上，我都看見了。其實警察來過一次，我看見是警察來，他們還用無人機飛上來拍照，我是不能被成像的，他們拍不到我，我就把機身用魔法隱身了，我覺得可能是我的不小心被看到，引來了警察。我當時也沒跑，警察走了我就把飛機復原了外形。可這次你們這些魔法師來就不一樣了，我當時正把機身靠在山頂石頭邊，想固定住機身的辦法呢。起初我以為你們是登山客，後來發現……」布尼爾說着看了看保羅，「你們和這隻小狗說話，我都看到了，我可是老鷹變化來的，我看兩公里外什麼東西都非常清楚……我知道，英格蘭的倫敦，有個很厲害的魔法師，有一隻會說話的小狗，我覺得魔法師來了，再加上那些天我在山頂下的林子裏，

有些不小心，被人看到了，我更確定是魔法師來了，結果就是你們。我就舉着機身飛到幾公里外的密林去了，現在機身還在那裏藏着。」

「啊，我説那天我看到山頂上有發光，就是你搬走機身時的反光呀。」保羅恍然大悟地説。

「我把機身搬走，我想山頂那裏也不適合造房子了，我就想再換個地方。」布尼爾繼續説着，「我一開始一直以為是我在林子裏不小心顯身，被登山客看見，引來魔法師，如果找不到我，也就回去了。結果過了一兩天，比奇來了，牠的叫聲我能識別，那是我們的聯繫方式，我們見面後，牠説在帕丁湖聽到了你們的對話，知道你們是魔法師，並且為了飛機的事找我，我想這事可大了，涉及三個乘客死亡，我根本就不想見到魔法師，也不想和你們解釋什麼，所以我知道了後，就決定離開這裏，那機身也不要了，結果……最終還是沒跑成。」

「你從高沼公園帕丁湖跑到這裏，是來給它通風報信的？」本傑明拉了拉捆着白貂比奇的捆妖繩。

「快把我鬆開……」比奇扭着身子，「老朋友遇到麻煩，我能不管嗎？本來看着它就要飛走了，結果碰到了直升機……」

「你還很講義氣呢。」南森看看比奇，隨後又看着布尼爾，「你也知道你涉及了失事飛機的事，你會飛行，還有魔力，你怎麼才能讓我們相信你和飛機失事無關呢？現在其實只有比奇的孤證說飛機是被雷電擊中的，你必須和我們解釋清楚這件事。」

「哼……」布尼爾冷笑了一下，「這事和誰有關，也不可能和我有關。」

南森和小助手們全都緊盯着布尼爾。

「你們去查查吧，你們的愛爾蘭魔法師聯合會的同夥，一年前是不是在追蹤兩個翼人怪，抓到了一個叫米林的，那就是我哥哥。飛機是十年前失事的，我是一年前才來英格蘭的，之前我一直和我哥哥在愛爾蘭，它被解除了魔法，就在愛爾蘭魔法師聯合會呢，一問就知道……啊，別這樣看着我，我們被追捕不是幹了什麼壞事。沒錯，我們兩個是魔怪，但是沒幹過壞事，愛爾蘭魔法師聯合會一定都調查清楚了，我們被追捕，是因為我和哥哥大白天飛行，它拿着幾個蘋果，不小心掉下去一個，把人家屋頂砸穿了，不過沒傷人，但是被一個收馬鈴薯的農民看見了，報告了聯合會，人家來抓我們，米林被抓，我跑了，跑到這裏來了。」

　　「我們一定會核實，但是你也説了，沒傷害人你跑什麼？你擔心什麼？」本傑明質問道。

　　「你説呢？」布尼爾倒是嚴厲了起來，「你們一定會解除我的魔法的，不是嗎？調查清楚了，你們能就這樣放我走嗎？」

　　「這個……」本傑明的確是啞口無言了。

　　「好了。」南森擺擺手，看看布尼爾，「你隱藏的這個巢穴，應該是躲進這裏後臨時找到的，這個我知道，但還有一個問題，我剛才變成比奇的樣子進去，你怎麼發現我是變化的，怎麼突然就跑？」

　　「那條魚，你説要吃那條魚。」布尼爾昂着頭，「比奇説牠最不喜歡我們這裏的魚，牠喜歡我們這裏的漿果，那條魚是牠抓來給我吃的，牠才不要吃那條魚呢。我一看你去吃那條魚，就知道有問題了。」

　　「你還真是警覺。」南森轉頭看了看比奇，「那麼你呢？比奇，你怎麼會有魔性的？你這樣再轉化幾十年，就變成真正的魔怪了。」

　　「千年的紅蘑菇，魔藥的一種，二十年前我碰巧遇到了一株，我就吃了。」比奇很是不在乎的樣子，「吃的時候我可不知道會有這樣的結果。」

「全明白了。」南森點點頭，他想了想，「那麼現在……布尼爾，你說的話，我們會去核實，不過即便你是清白的，也要被除去魔性，幾十年後你會變回老鷹，但是是一隻有着人類思維的老鷹。這是我們的操作流程。」

「看看，我就說吧，這就是我躲着你們的原因。」布尼爾大喊起來。

「至於你……」南森說着把比奇的捆妖繩解開，「其實你連魔怪都不是，僅有一點魔性，我現在就給你解除，今後你還是水貂，但是有人類的思維能力。沒有辦法，我們不能保證你一旦變成魔怪後不利用法術做壞事……」

「我吃那蘑菇的時候不知道會這樣，一切都不是我有意的。」被鬆開後的比奇大聲地說。

南森的手觸碰到比奇的後背，比奇全身立即散出白光，牠閉上了眼睛，十秒鐘後，白光消失，牠睜開眼睛。

「嗯……」比奇直立起來身子，「沒什麼不同呀，我還能說話，我還是那麼聰明。」

「走吧，走吧。」南森揮揮手，「當一隻聰明的白貂，生活在這大自然中，你比同類高出無數倍的智商會令你生活得很好。」

「這就讓我走？」比奇眨眨眼，「啊，我確實還有點事，我要去吃漿果，我要……嗨，我說，你們要回倫敦吧，你們怎麼回去呢？坐飛機嗎？」

「飛機班次太少，而且我們已經完成工作了，應該是坐火車回去。」海倫說道。

「什麼時候走呢？」比奇又問。

「順利的話，兩天後吧。」海倫說，「你要送我們？」

「好。」比奇點點頭，沒有完整地回答海倫，牠看看布尼爾，「我的朋友，再見了，你要被送到魔法師聯合會，放心，他們不會對你怎麼樣，最多就是剛才我那樣。」

「謝謝你，我的朋友。」布尼爾很感激地看着比奇。

比奇鑽進了樹林，不見了。

「海倫，打電話吧，讓直升機來接我們，我們去紐卡素魔法師聯合會。」南森說着，看了看遠處的天空。

尾聲

在紐卡素魔法師聯合會，南森他們聯繫了愛爾蘭魔法師聯合會，核實了情況，就像布尼爾說的那樣，它一年前的確一直生活在愛爾蘭，而且從未做過壞事。布尼爾也被解除了魔性，並在紐卡素魔法師聯合會被暫管，等待合適的時機，放歸自然。此外，投放的幽靈雷達被收回，那架失蹤飛機的機身和飛行記錄儀也找到了。

在紐卡素魔法師聯合會待了一天，南森他們回到了旅館，他們在旅館裏又休息了一天。第二天一早，沃克警官親自開車來，要把他們送到紐卡素的火車站，他們要坐火車回去。

「……派恩，快來放行李，還沒睡醒呀？」旅館門口，沃克警官的商務車旁，本傑明催促着。

「昨天晚上他一直玩遊戲，還說旅館的網絡信號不好。」保羅說道。

「老保羅，你也說我。」派恩把行李放到後備箱，走到車門旁，要上去。

「嗖——嗖——」從對面街道飛快地跑過來兩個影子，隨即躥進了車廂，派恩和已經坐好的海倫都嚇了一跳。

「嗨，搭個便車。」躥上車的兩個影子，一個是白貂比奇，另外一個是一隻東張西望的黑貂，比奇還背着一個布口袋，牠發現大家都看着那隻黑貂，「喂，別緊張，這是我的朋友，牠說這裏沒意思，要和我到高沼森林公園去，放心，牠就是一隻普通水貂，不是魔怪。」

「比奇，你要回去？」南森問道。

「是呀，我又不是這裏的，我來這裏是幫助布尼爾的。」比奇立起身子，比劃着，「可是回去，你們知道，一百多公里路呢，路上危險，還要跨越三條高速公路……把我們放進你們的旅行箱，我們好好睡一覺，到了諾薩勒頓站你們把我們放下來就行，在那裏停車五分鐘吧。」

「噢，你可真夠聰明，我懷疑你的魔性是否真的解除了。」本傑明有些哭笑不得的。

「快，要開車了，這隻機械狗能帶上火車，我們也能。」比奇指着保羅説，那樣子一本正經的，「我們就在旅行箱裏睡覺，當然，你們抱着我們，當我們是動物玩具也行。」

「派恩，關上車門，帶牠們走吧。」南森笑着説，

136

「這兩個小傢伙，要不要給牠們買票呢？成人票還是兒童票？」

　　派恩關上了車門，比奇很是高興，牠打開布口袋，請大家吃漿果，那是牠在森林裏摘的。那隻黑貂很是好奇地在車廂裏走來走去。

　　「嗨，比奇，老實説，我覺得這隻黑貂，是你的女朋友。」派恩把頭湊過去，認真地對比奇説。

　　「小孩子，別問那麼多。」比奇推推派恩，説道。

　　大家看着派恩和比奇，全都笑了。

麥克警長，蘇格蘭場（倫敦警察廳）高級督察，南森和警方的聯絡人，也是一名大偵探，屢破奇案。當然，他所偵辦的都是人類世界中的案件。一起來看看他偵辦過的案件，運用你的推理能力，想一想他是如何破案的呢？

被搶去的物品

「麥考特大街1211號發生劫案，鄰居聽到打鬥聲後看到有個年輕男子提着一個東西拋出房門，然後向西面跑去，被拋出的是什麼東西卻沒看清楚。鄰居進入房間，發現房主倒在血泊中，家裏被翻亂，是入室搶劫案。」麥克警長帶着兩個警員，開車外出辦案，車上的警用頻道突然傳出呼叫，「房主是倫敦音樂學院的小提琴教授，請在該區域聽到的同事立即進行搜索堵截。」

「我是麥克警長，我們就在附近，我們馬上開車過去。」麥克警長拿起了車內的對講機，「核對一下，麥考特大街1211號向西區域⋯⋯」

麥克他們駕車，轉了兩條街，就來到了麥考特大街上，街上有一些人，兩個警員看着迎面而來的人，也不知道有沒有劫匪。

「那個提着小提琴盒的年輕人，截住他問一下，受害人是音樂學院教授。」麥克警長看着前面，説道。

他們下了車，截住了那個提着小提琴的年輕人，那人聽了麥克的解釋，大叫起來。

「我和教授遇襲沒關係，是的，我是剛從教授家出來，我是音樂學院的學生，到教授家上輔導課的，我出門後好像又有人走到他家門口，我怎麼會搶劫教授呢？」

「我們是調查，請你冷靜些，有人看到你從教授家出來，沒看到別人進去。」麥克説道。

「你們檢查，看看我身上有沒有搶來的東西，啊，這個名牌錢包是我自己的，裏面有信用卡，我手上的名錶也是自己的，是父母給我買的，還有兩千鎊現金，確實有點多，這是父母給我的生活費。」年輕人繼續喊叫着，他忽然把小提琴盒遞給警員，「你們再看看，小提琴盒子裏，除了小提琴，有沒有金銀珠寶或現金？」

兩名警員接過琴盒，放到一邊的汽車前蓋上，打開後

仔細檢查，的確，只有那把小提琴。

　　「先生，無論怎樣，我們還是要帶你去警局協助調查，待問題查清後，會送你回去……」麥克認真地說。

　　「你們——」年輕人瞪大眼睛，叫了起來。

　　突然，年輕人猛跑到汽車前，一把搶回小提琴盒，隨後轉身就跑，不過很快就被兩個警員抓住。

　　「我知道你就是搶匪，否則你不會跑。我還知道教授被搶的貴重物品是什麼了。」麥克走過去，說出了年輕人搶走的物品。

　　年輕人低下了頭，承認自己就是搶劫犯。他確實是音樂學院學生，但也是他搶劫了教授。

 ## 請問，年輕人搶走的物品是什麼？

答案：搶匪手中的是琴弓，名貴小提琴的琴弓其價格甚至達到上千萬英鎊。
年輕人趁教授收看樓梯回家拿琴時，趁機把名貴的琴弓拿出來了。

③
逃離鬥獸場

穿越到安東尼時期的古羅馬城，把「毒狼集團」在角鬥士學校學習搏擊的人帶回現代！

④
古堡迷影

穿越到十一世紀的圖林根，解開古堡「魔鬼」之謎！究竟城堡裏發生了什麼事？

⑤
石器時代的大將

越到新石器時代，追捕被通緝的「毒狼集團」成員，卻被一個騎着豬大將捉住了……

⑥
龐貝古城行

穿越到公元前 55 年的龐貝——這個將會在百年後被維蘇威火山爆發而摧毀的古城，拯救被綁架的派諾先生！

⑦
百年戰場上的小傭兵

越到 1415 年法國阿金庫爾鎮東面尚松森村，追捕「毒狼集團」意大地區首領，卻被誤會為僱傭兵……

⑧
銅器時代登月計劃

穿越到銅器時代的一個地中海小島追捕「毒狼集團」成員，卻被村民綁了起來，用作試驗「登月計劃」！

魔幻偵探所 47

失蹤飛機歸來了？

作　　者：關景峰
繪　　圖：陳焯嘉
責任編輯：葉楚溶
美術設計：李成宇
出　　版：新雅文化事業有限公司
　　　　　香港英皇道499號北角工業大廈18樓
　　　　　電話：（852）2138 7998
　　　　　傳真：（852）2597 4003
　　　　　網址：http://www.sunya.com.hk
　　　　　電郵：marketing@sunya.com.hk
發　　行：香港聯合書刊物流有限公司
　　　　　香港荃灣德士古道220-248號荃灣工業中心16樓
　　　　　電話：（852）2150 2100
　　　　　傳真：（852）2407 3062
　　　　　電郵：info@suplogistics.com.hk
印　　刷：中華商務彩色印刷有限公司
　　　　　香港新界大埔汀麗路36號
版　　次：二〇二一年四月初版

ISBN：978-962-08-7732-2
© 2021 Sun Ya Publications (HK) Ltd.
18/F, North Point Industrial Building, 499 King's Road, Hong Kong
Published in Hong Kong, China
Printed in China

口述 **陳健波**

撰寫 余非

我這樣走過來

陳健波自述

中華書局

U0061633

　　我自小愛恨分明、喜善疾惡，對大是大非很執着，原則性很強。對曾經協助我的人終身銘記，經常找機會回報；對無理欺負我的人，也難以忘懷。這樣說彷彿很小氣，但性格使然，難以改變。小時候居住在公屋，對某些可惡的鄰居，我寧願繞道、多走幾步，也不經過他們的門口。性格率真我知道是一體兩面，有好處也有不好處；幸而我擇善固執之餘，自少便對他人的苦難有感同身受的悲憫。少年時看見有人沒飯吃，捱貧捱餓，心裏會很悽然！總希望能幫上一點忙。也許這種天生的悲憫心對我上述的固執性格起平衡作用，我個性鮮明，卻同時很能夠感受別人的困難或情緒，時常將心比心，站在他人的立場看事情。因此，一生中幫助了不少人解決困難和化解不少矛盾衝突。我認為做人公公道道，在不涉大是大非的事情上一人讓一步，是最舒服的相處狀態，人際關係也可以維持得長久些、良好些。我喜歡幫助人，從中會得到千金難買的喜樂。也不知是否因為這樣，人生路途中經常遇到貴人扶持，實在非常感恩。

　　我 1974 年開始加入恒生銀行，工作了 31 年；至明年、2024 年，在職滿 50 年。在職場上擔任過低、中、高管理層的工作；做過港資銀行、港資和外資保險公司；當香港立法

會議員也 15 年,其中擔任財委會主席七年;我這些充實而豐富的人生履歷,可以視為是走入香港不同範疇和生活圈子的經歷。我這些經歷大部份都很正面,因為我長期是個有困難就直面困難、解決困難的人。我的性格、人生態度及經歷,讓我的擔子愈來愈重,路卻也愈走愈寬。我 50 年來的工作生涯、所見所聞和做過的事,或可視為是回歸前、到現在回歸 26 年的「香港人」經歷。我扎根於工作及生活,從不同層面見證了香港的變化。我認為,也許我如何一路走來,應該用真人真事的方式記錄下來。我尤其樂意分享接受挑戰和掃除阻力的經驗。世間事必然有解決辦法,我的座右銘是自強不息。如果有人、哪怕是一個半個讀者因為讀了我的分享而增加正向思維,也愛上喜善疾惡、做事努力不懈⋯⋯我的心願便達到。一個有解決困難的勇氣、思想正向的人,永遠是任何年代,任何機構最希望羅致、最珍惜的人才。

以下要說一說余非。我非常感恩得到余非這位深受讀者、聽眾尊重的知名作家願意為我寫這本自述。我很欣賞她堅定講真話的愛國情操,更欣賞她深入蒐集資料,並客觀精闢地分析國際大勢及時事的能力。她在美西星島中文電台的

節目深受大量網民歡迎。在編寫本書的過程中,展現了她作為「文學人」高深的文學書寫修養,以及傳神、細緻的述事能力。跟她談我的經歷,她總能準確地抓住重點,並予以精準深刻的發揮。她也令我看到她的專業執着。在此衷心多謝她的努力和指導。

　　我最大的願望,就是不同年齡、不同背景的人看完這本小書後,以我真實的經歷作見證,從此對人生各種挑戰懷着自信,勇敢地去克服。挑戰,經常會令你跳得更高。本書下編是我從生活點滴得來的啟發,十多篇散文都是很貼地的生活思考,希望這分享令大家有得着,從而對家庭、事業和人生永懷正向思維。

陳健波

2023 年 8 月 4 日

自 序

上編

■ 第 一 章 ■

幼年階段

第 1 節　黃大仙徙置區點滴

　　我在潮州出生，因父母已去了香港謀生，一直由外祖母照顧。據說，當時只得約三、四歲的我，已經常跟人鬥嘴。年紀小小已很犟，倔強得很。

　　我三、四歲來港後與父母一起生活，因為太久沒見過母親，見面初時不承認「眼前那位女士」是我母親，嚷着要走。那是個沒有視像、沒有手機的年代，打個固網電話也不容易。親人謀生兩地分離，彼此的生活軌道便脫節，相見不相識。結果被打了一頓，最後還出動一位我認得的親戚確認「那人」是我母親，我才肯接受。

　　來到香港後，就在黃大仙徙置區生活。讀天台小學，後來轉去新蒲崗官立小學。因為成績不錯，一直是班上的前幾名。中學會考後進入伍華中學。

　　初來甫到的黃大仙徙置區生活點滴刻印腦海，也是事後

才知道影響那麼深。那時生活環境惡劣——是真惡劣。被懷舊美化、淨化了的「老香港」不是真容。那時家裏沒有自來水，沒有廚房，我們家已比較幸運，住大單邊，室號684，近樓梯口。我們搭了個木箱，內置火水爐，其他煮食用具也放在箱內。由於沒有自來水，每天都要去所住樓層的公共水喉取水，洗碗洗菜、總之日常用水都要自行處理。這些不方便對比起以下要說的這些，算不上是甚麼一回事；需要共用公廁和公眾浴室，才最令我「留下童年陰影」。往後即使已搬走了，仍長年午夜夢迴。要經常提醒自己：「喂，你已經搬走了！如果仍然身在黃大仙，那是夢！」我是直至近年才少發那些廁所與浴室的噩夢。那時每層樓的公廁是一條坑型渠道。坑型渠道上間開一格格的，就是各自的蹲廁，沒門。由於沒有搞好沖水系統，經常無水可沖，結果……，大家可以想像就不細表了。然而，那些要上廁所的人竟然「轉戰」至公共浴室解決；結果，連公共浴室也被「波及」……。當時只好適應，卻原來成了會夢迴的強烈陰影。而這些陰影式的情節，往往會在情調化的懷舊陳述中被清刷和淡化。這種也許是善意的淡化，卻有可能令今天年青一代人未必準確明瞭上一代、乃至上幾代人的艱難辛酸。

　　以上這些，只會令人不舒服；而以下這些，才令父母真正擔心。

　　我們所住的徙置區樓下就是黃大仙街市，試過有不良少年在街市偷了雞及其他食物，就用我家門口的工具煮食。我問父親為甚麼不報警，他說一定要忍讓，因為我們不會搬

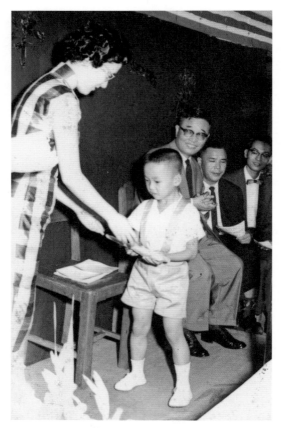

讀天台小學時領取獎狀。

3800082 E.D. 22B

啟德下午 官立小學家庭報告表

19 63 / 64 年 上 學期

姓名 陳健波		年級 4A	本學期上學日數 107		本班人數 38
性別 男		學號 74	該生上學日數 107		次 4 第

科 目		積分額	考得積分	備 考
中 文	國 語	100	97	
	作 文	100	72	
	默 書	50	43	
	習 字	50	33	
英 文	讀 解	100	79	
	會 話			
	作 文	100	88	
	默 書	50	38	
	習 字	50	32	
	算 術	100	140	
	社 會	100	97	
	常 識	100	99	
	自 然	100	/	
	圖 畫	50	49	
勞 作	手 工		乙-	
	木 工		/	
	家 政		/	
	農 藝			
	國 音		/	
	音 樂		乙+	
	體 育		乙	
	圖 畫		丙	
	總 積 分	1000	864	操 行 甲
	平 均 積 分	100	86.4	

校 長	班 主 任	家長簽名或蓋章

小學 4A 班成績表。成績表右上角「次 4 第」,「4」字
應填在後面空白處,為「次第 4」。當時老師手誤。

走，他們可能會找我們算賬。

當時黑社會離大家都很近、很近，就在生活中。因為毒品氾濫，你會不時見到有癮君子長期霸佔公廁吸毒。我家接近樓梯，打架、「開片」（動刀的廝打），在門口雜物中發現被藏利刀、棍棒等，是尋常事。當年「字花」很流行——是一種賭博形式，經常在樓梯開賭。球場則被黑社會控制，母親不讓我去球場，所以各種球類運動我都不懂。

第 2 節　母親的俠骨與豪氣

母親是上一代幹練的家庭主婦。母親持家有道，省儉勤勞。由於父親收入不多，母親經常要做車衣工作幫補家計，那時很多「師奶」（家庭主婦）都到新蒲崗工廠區拿一些已剪裁好的布料回家車縫。不能在外上班，這些家庭主婦便在家中車衣，既有收入，又可留守家庭打理日常家居瑣事。由於日間需要照顧三個孩子，母親經常夜晚才車衣，我從來沒有見過她有甚麼娛樂。

我當年經常被母親體罰，是很多人都嘗過的「藤條炆豬肉」（被藤條打）。不過兵來將擋，嘿，我就細心留意放藤條的位置，將藤條全部偷偷丟掉。到母親想打我時竟然找不到藤條，連她也笑起來。我家樓上樓下都很多惡人，經常被挑釁。有一次，母親和他們打架，我立即跑去樓下叫差人（警察）上來。打架時母親的鞋子甩掉在那人家中，母親

說時遲那時快，身手敏捷地帶着我衝進去，成功把鞋子救回來。

母親沒有讀過甚麼書，但很聰明、很精明；天生有生意頭腦，對數字十分敏銳。當時很多街坊「師奶」和我母親一樣都沒讀多少書，但是她們卻經常來請教我母親，母親也總能幫上點忙。我經常忽發奇想，如果媽媽生在當今這個年代，起碼會是個稱職的區議員。她經常教我們做事要堂堂正正，要靠自己，不要求人。她又非常善心，樂於助人。當時七樓有一個女惡霸，好勇鬥狠，其他街坊都怕了她。有一次女惡霸跌倒受傷，來到我家由我母親替她包紮，從此她就成了我母親最忠實的粉絲，以後也就沒有人敢欺負我母親了。我母親經常教導我們，要正直，不做壞事。她也心善，即使家裏窮，也經常匯錢回家鄉。有一年我銀行有一個同事游水意外死亡，銀行舉辦籌款活動。我和這個同事有點感情，當時差千多元才湊夠二萬元，我當時月薪約千多元，我問母親是否同意捐出，她二話不說立即同意，結果我的捐款比銀行經理還要多。

母親教育我們有一套手法，雖然我不同意對我體罰，但現實結果是我們三兄弟都沒有行歪路，靠自己辛苦努力得到中上的生活。而她緊張我們也確實有其原因。當時徙置屋邨的格局是一層內有兩行單位，各單位依室號排列；兩行單位一行門口朝南，一行門口朝北，呈背對背格局。而背對背的雙方住戶，只靠磚牆間隔；最有趣是牆身頂部竟然是磚與磚之間留空，目的是讓空氣對流，卻犧牲了雙方單位的私隱。

活在今天當然難以想像可以有這種設計。為了不讓背靠的人家一眼便望知自己室內情況，各住戶都自行用布或遮擋物把留空的間隙封了。然而，可以想像，說話稍為大聲一點人家都聽得見。而就在這種間隔下，背靠的一戶人家男戶主是吸毒者，幾個月就要戒一次毒。每次戒毒也別無他法，就只是綁在床上。戒毒過程持續三天，經常大聲呻吟慘叫。但男戶主看來戒而不斷，幾個月後又再吸毒、戒毒，往復循環。在這樣的環境下生活，母親不可能不擔心我們。

有一年我們所住的大廈又發生黑社會打鬥，有人腹部被插上一把刀。我母親趕快找來我的小弟弟，叫他看；邊看邊告戒他。雖然此事令我弟弟終身留下陰影，卻也確實令他打從心底裏遠離黑社會。

在那個社會支援不足的年代，哪怕是無心無意、或是在不情願之下走上歪路，沒有人及社會資源助你翻身。在困乏的年代，成長是一條不歸路，沒有 take two，必須步步為營。母親明白世道艱困，路途凶險，她自己又讀書不多，怎樣去引導兒子要留神、要小心做人呢？她用「靠嚇」，向兒子展示現實的殘酷。畢竟，生活中被癮君子、黑社會包圍，對於讀書不多的母親，陰影是虛的，但成長行差踏錯的凶險是真實的，所以她用了認為對的方法去保護兒子。母親當時用了今天會被認為不符合兒童心理學的方法去管教孩兒，可是也別說，這一招倒也極之有用。

第 3 節　愛國、自重、慷慨的父親

我父親也是個奇人，他非常愛國，只會帶《文匯報》和《新晚報》回家。他曾經告訴我，國家強大才會得到外國尊重，如果中國不強大，一定會被其他國家欺負。他告訴我，有一次國慶聚餐，有個年青人坐在他旁邊，一路吃飯一路像是很擔心的樣子。這個年青人後來問我父親：吃完飯會否被警察拘捕。從中反映，當時港英的監察何其嚴厲。

父親是個極度勤勞，怕事又極愛面子的人，即使家裏沒錢也會借錢給人。有一年，有一個人來探訪我們，來了親眼看見我家家徒四壁。離開時他說，因為我爸爸借錢給他，他以為我們有些錢，所以來看看。他對我母親說，你們這樣窮困，以後不向你們借錢了。當然，他也沒有還錢，父親也不追。那時過生活，艱難的人多。父親一般每天會在姑丈的舖頭看舖，逢星期三及星期六晚才會回來。由於我最頑皮，父親對我最兇狠，所以星期三、六我最不開心。

第 4 節　由小學升中學

小學時，在第五座的天台小學讀書，成績應該不錯，有相片為證，我獲學校頒發獎狀。後來去了新蒲崗官立小學，都是頭幾名之內，會考成績也不錯，中、英、數分別是二、二、三級，中學派位去了伍華中學。記憶中，由升中學起，

學習開始有困難,慢慢追不上課程,特別是數學。

由於當時在街坊中我的學歷已經是最高的,所以沒有人可以幫忙溫習。因為之前的沒弄明白,之後上的課根本不知道老師在說甚麼。當時學業跟不上,但愛上了運動,經常早起到九龍仔公園跑步,在學校舉辦的運動會中400米、800米和跳遠也曾得獎牌,並且曾代表學校參加校際運動比賽,但校際賽沒有拿到甚麼成績。至於學業,由於無心向學,中四時,學校決定讓我留級。當時心想,覺得讀書成績雖然不好,但學校也應考慮我在運動上的「貢獻」啊,所以我帶了獎牌去找學校的校監,要求他讓我升級。校監說,留級是為我好。我當然不想留級,糾纏了他很久,記得好像有超過一小時,回家後很不開心,後來好像把獎牌都丟掉了。留級是件大事,當年暑假,一路和母親說還沒派成績表;母親也沒有追問。到後來知道真相了,很奇怪,母親沒有打我一頓。

母親沒有想像中、以為會有的激烈反應。我靜下來不斷思前想後,怎麼會搞成這樣的呢?我想,在某一個環節上跟不上是關鍵。跟不上,之後再新增的便更加追不上;心想,之前根本基礎打得不好是關鍵。於是,當年是中四,卻買了一些中二、中三的數學書本來重新學習,一切由基礎入手。經過一番努力「搞好基建」,後來數學科就比較能夠掌握了。重讀四年級,該年考第二。中五會考成績不突出,但仍然拿了四科「良」,中文是B,英文、數學和歷史是C。之後,讀了兩年預科,成績不夠好,未能進入當時僅有的兩所大學。

　　現在回想幼年時的整個成長階段，我家環境差、生活困苦，但我們三兄弟卻沒有感受到生活的壓力，因為母親一力擔當，在貧窮惡劣的環境下為我們製造了安全空間。她從來沒有居功也沒有抱怨，就好像一切都是理所當然。所以母愛真的非常偉大，父母尚存的人真的要珍惜餘下的相處日子。多相聚，多問候，否則將來一定後悔。

約十歲時的照片。

兄弟三人與母親在黃大仙祠合照。

■ 第 二 章 ■

在恒生的日子

第 1 節　由門市分行到地鐵站分行

　　預科畢業後，由於入大學無望，我應聘恒生銀行的
Trainee，中文名稱是練習生。入職要求是會考要有四科
「良」才可申請，我夠條件申請。聽說當年恒生請人有很多
觀察人的手法，例如故意要你等了很久才面晤，過程中可以
觀察你在空等時做些甚麼，乃至久等了脾氣情緒如何。我有
幸面試過關，當時人事部的主管譚益芳先生對我印象好。他
寫了一張字條給我，說如果我不入大學，就再去見人事部。
結果我去了，1974 年加入恒生銀行，意想不到是一做就是
31 年。

　　入職當時月薪約 1000 元。參加培訓班後我被派去新蒲
崗分行。在分行工作那幾年，我做過各種崗位，包括直接在
櫃台工作的櫃員，以及內部管理。至 1982 年，我被派往地
鐵站分行工作。

某大銀行招請練習生多名

（一）英文中學會考及格，其中四科必須達C級或以上，月薪連津貼一千元。

（二）港大入學試及格英文有E級者，月薪連津貼一千零七十五元。

申請人，男性，年廿五歲以下，未婚，體健，親繕中英文申請書，詳歷附照（無照不考慮）於四月十七日前寄本報信箱八三四號，信封註明「應徵」合則函約。

恒生招聘廣告。

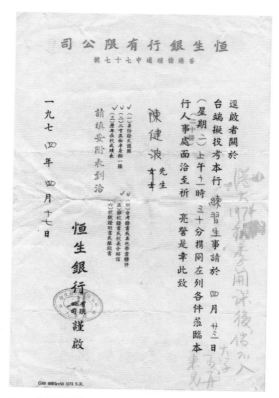

1974 年面試時，人事部經理留言：「港大 1974 秋季開課後，倘不入大學，可再來見。」

CIF: 2/69

HANG SENG BANK LTD. 恒生銀行有限公司

BRANCH　STAFF SALARY ADVICE　　　DATE　30 SEP 1975

PLEASE BE ADVISED THAT THE FOLLOWING NET SALARY BECOMES
EFFECTIVE AS FROM 01/09/75 UNTIL FURTHER NOTICE-

MONTHLY SALARY — OLD		0.00	
	INCREMENT	950.00	
	NEW	950.00	950.00
PLUS FOOD ALLOWANCE			125.00
LESS PROVIDENT FUND CONTRIBUTION	5.00 PCT		47.50
NET SALARY CREDITED			1,027.50

CHAN KIN POR　　　35592
SAN PO KONG　　　294

　　　　　　　　21

1975 年糧單。

　　做地鐵站分行那四年是我最艱難的時期，我一面工作，一面讀書。先說工作。因為我是地鐵站這種小分行的一行之長——我姑且自稱為站長吧。這種小分行處理銀行業務之餘兼售地鐵車票，因為只有一位人員負責售票，另一個像一般分行般處理櫃台銀行業務。同事就只得三三兩兩，當售票員午飯時，做銀行櫃台服務的同事要接替售票工作，我就接替銀行櫃員的工作；到售票員回來了，就輪到櫃員外出午飯，我卻要接手櫃員的工作。總之是輪流外出的兩個人都吃過飯回來後，才輪到我可以吃午飯。當時櫃員服務提款或存款有限額，超過的都要我批准，所以我要留在地鐵站內，隨時準備核准超過限額的項目。因此三個人相比起來，我是唯一只能買飯盒回地鐵站吃的一個。但吃着飯盒，也會經常要出去核准項目，飯盒經常是給放涼了，吃不下去。後來我養成了帶飯的習慣。這種整天困在地鐵站的情況維持了四年，後來我即使已離開地鐵站分行，也基本上不吃飯盒，寧願吃麵包或三文治。

　　我和上司的關係一向很好，所以無論在新蒲崗分行還是在地鐵站，評級都是 A 級，分擔的工作也比較多。當時，每個地鐵站分行的站長就是當然的警鐘負責人，如果辦公時間後警鐘響了，也要回地鐵站協助警方處理。我當時擔任荃灣綫最後幾個站的第二持匙人，如果警鐘響了，警方找不到該站的負責人，就會找我。由於荔景站和大窩口站貼近路面，每當行雷閃電的日子，警鐘經常會誤鳴；又不知為甚麼，經常都找不到這些站長，所以我這個第二持匙人便要深

夜出動。當時新婚，太太也有不少怨言。當時制度上沒有補假的概念，深夜出動後第二天照常上班，可是也不以為苦，工作照做。

第 2 節 自修苦讀保險專業學歷

入恒生銀行後，因為沒有專業大學畢業的學歷，我經常覺得沒有安全感，所以希望透過自修考專業試，同時晚上也可以讀夜校，希望考得更好的 A-Level 成績，進入大學；總之是從掌握專業資格，以及補回大學學歷的方向充實自己，不想困囿於崗位上。恒生銀行會為職員辦持續進修講座，後來在一次講座介紹中，知道保險在外國非常流行，但在香港卻未廣為人悉。當時香港人不喜歡談及生死、意外等，所以這個範疇屬於未開展的業務。當時英國保險學會（後改為學院）有函授課程，要考九科合格才能成為會士（後改為院士）。據說，當時即使在九龍紅磡的理工學院讀畢三年保險文憑課程，除非九科中該科獲得優異或良好（Excellent or Credit）級別才能獲得豁免，否則，都要考完九科合格，再做兩年相關工作，才能成為會士，獲得由英國保險學會頒發的專業資格。據了解當時政府及有機構接受等同大學資歷。英國保險學會這個專業考試早期每年只有一次考試機會，所以我有很多年的年假都用來溫習和考試。每天銀行放工後，就去上夜校讀預科課程，之後回家再讀保險函授課程，生活

1982 年，由香港保險學會發出的考試通知書。場地為
香港大學陸佑堂。

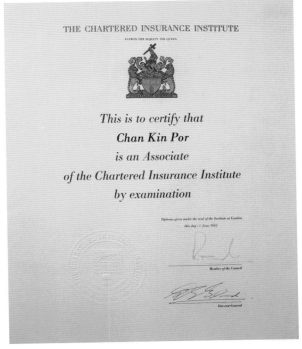

1988 年獲發的保險課程證書。

給填得滿滿的，當時也不以為苦，大概是人生有方向，有所
想的追求。然而，這樣生活人會拉得很緊，也不可能沒有壓
力，如何適應呢？我培養了靜坐習慣。

在人生路上，我算是比較幸運的，考英國保險學會這個
專業試就是一個例子。一直以來，如果考六年也未能完成課
程、把試考完，就要從頭再來，之前已考試合格的也不算
數。我正好在第六年也只考了六科、尚有三科未完成，眼看
就要從頭再來的時候，英國保險學會突然間改制，容許保留
已經考得的學分，令我得以繼續考未考的試，不用全部從頭
再來。1988 年，我終於考完了九科。考試之外，學會規定
要有兩年實際經驗才可冠上英國保險學會會士的資格。於是
我申請調去保險部，但不被接納。然而，這卻又造就了將來
調去保險部的伏線。

第 3 節 離開地鐵站辦事處調去香港總行

由地鐵分行調去總行工作，即 1986 年，現在回頭看，
是我的人生轉捩點。

先說仍在地鐵分行工作的那件事。有一天，我考完試之
後乘小巴回置富花園家。我坐在司機後的靠窗位置，一位總
行工作研究部的高級同事陳威明上車，就坐在我旁邊。途中
交談間，他了解到我剛考完試，就問我從前中學會考成績如
何，我告訴他中英都有「良」。他說，他正在招考人選，問

我有沒有興趣加入工作研究部（O&M Department）。當年由於我已經就快被銀行授權可代表銀行簽署對外文件（這是銀行內一種由 officer 晉升為 senior officer 的制度流程），所以沒有太大興趣。但奇怪在當時的策劃發展處處長曾慶麟卻鍥而不捨，不斷給壓力地鐵銀行服務中心的主管，要他放人。最後，1986 年，我終於被調去總行工作研究部工作。由於困了多年在地鐵站，轉去中環上班時，我經常步行去卜公碼頭，讓自己曬曬太陽，人也開心些。該部門後來分拆出研究與發展部，下分研究發展組和微型電腦組，可能我的表現不錯，後來我也擔任了研究發展組主任，手下有碩士和學士人員。

當時發生了一個插曲。Fax 機於當時開始流行，可以立即收到文件，我也為銀行研究全面採用 Fax，取代銀行舊有的交收系統。當時有一位高層，家中用的 Fax 機接收得不好，於是我約了電訊公司的人員去重新拉線。當日我跟他們說，這位高層是電訊公司董事，希望大家做得好一些、上心些。但這些善意的叮囑卻被他們反唇相譏。他們裝腔作勢說：董事啊，你們小心點、看着辦，要不，把你們通通都炒掉！這些對話，高層的司機聽進耳裏，向高層說了。第二天高層召見了我，嘉勉一番，對我的工作態度予以肯定。調去總行工作的幾年間，可能得到高層信任，我後來升級升得很快。之後，我迎來了一個更重要的機遇。

第 4 節 正式轉入保險業務

1989 年年尾某一天，策劃發展處處長曾慶麟先生突然召見我，要我提供時辰八字。我交了給他。後來便知道，原來他為我起了一個命盤。曾慶麟先生給了我一本紫微斗數書籍。最有趣的是，他在該書題字：「紫微世界，別有洞天，勤於工作，方為上策」。他在我的命盤上簡單地列出了最好及較差的大限（十年）。現在看來，他無端為我起命盤，可能是在「揀卒」，他想找對人去出任一個很重要的崗位。不久後，銀行總裁何德徵先生突然召見我，要求我翌日就調去保險部，因為該部的正副主管都會相繼離開公司，銀行想找一個保險業務圈外人，但又希望這人了解保險業務，去做接班人。當時銀行裏只有我這個人考完英國保險學會的試，但又不是在保險部工作。雖然我沒有做過保險工作，但銀行認為我有專業資格，可以給我機會去試一試。第二天，銀行的助理總經理帶我去保險部經理室，之後他自己就離開了，讓我獨自面對工作交接。

這個工作交接的會面長四小時。我只記得幾個重點；第一，他將文件擲向枱面，劈頭就一句：你現在想我怎麼樣（「而家你想我點」）！之後他便說出一些不滿的說話，以及將來我可能面對的困難。我記得我當時曾經跟他說：我是銀行派來的，如果他讓這交接與日後過渡期不好過以便搞走我，是沒意思的，因為銀行只會接着派千千萬萬個陳健波來處理這件事。我的言外之意是：老兄，大局已不可逆轉，何

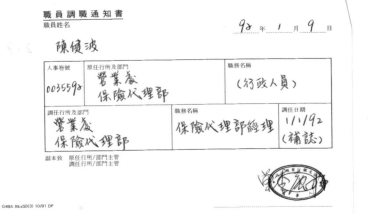

1992 年 1 月 9 日調職通知書：調任為保險代理部經理。

必為難我。而我肯定不會是個令你不舒服的人，大家公事公辦吧。

接着，我們正式進入工作交接。但當時我是很擔心的，因為和他交談時他的電話不斷響起；斷斷續續的對答反映，他處理的事情都是保險實務，於當時我是不知如何處理的。一切對我來說是新挑戰。為了低調做事，有大半年時間我只坐在近門口處的一個辦公座位分格內。非常幸運，雖然我空降保險代理部做交接，但幾十位同事對我很好，並沒有「整蠱」我，沒有趁我不懂而「靠害」（設我陷阱）。正式接手後，我找出各種保單，全部由頭看一次，有不明白的就請教他們。由於我有專業基礎，很快上手；不用花多少時間，我對保險的認識不會比他們弱。在往後的保險部工作規劃上，我比較專注新業務發展；當時有九成都是商業保險，到十五年後我 2005 年離開時，個人保險和商業保險相若。

第 5 節 在銀聯保險出任總經理

後來，恒生擁有部份股權的銀聯保險總經理移民，我又被派去作副總經理，管理保險公司。總經理一職，由銀行高層兼任。當時發生了一件事，改變了我的想法，也改變了我命運。我擔任了銀聯保險公司副總經理約一、兩年，當時業務很好。有一天，我銀行的直屬老闆打電話給我，說銀行想請人擔任銀聯保險公司總經理，要我寫一份招聘廣告。我

當時認為自己做得頗好，心中很不忿，直接問他我有甚麼問題？為甚麼我不能當總經理？他說，大老闆要將生意做大幾倍，你有這個能力嗎？我回應，做大幾倍可能會有大幅賠償，得不償失，大老闆知道這個後果嗎？他反問我，你是老幾，你覺得老闆不知道嗎？我還是不服氣，邀請這位上司翌日和我一起見他的上司，並且立即收他的線。

　　由於我過往只專心做事，從不參與外界的活動。上述一事當天，下班回家時，看見兩個幾歲的兒子，就想到未來可能要離開這個機構，自己卻沒有人際網絡，非常不安全。所以，日後我便比較積極建立自己的人際網絡。至於上述那事的第二日，我和上司見他的上司，結果是被臭罵了一頓。但我仍然不服氣，急速擴大生意，增加保費收入，反而會為公司帶來高風險這一點，既然我是知道的，便不能不爭取向公司講明講白。這不是意氣之爭，是道理要搞清楚，做人做事不能知而不言，見危機而不阻止。於是，我用了一個星期的時間做了一份計劃書，要賺錢嗎？就按部就班，要令公司財務穩定地去賺；我寫的計劃書估計可以令公司生意增長幾十個百份比。我聯絡了當時銀行的行政總裁，他是銀行最高層，即是我越級要求見面，介紹我的計劃。他同意接見我，讓我介紹我的市場計劃；之後，他叫我安排我和我兩位上司一起會面，當面講解一次建議。之後，我當選了銀聯保險公司的總經理。後來恒生銀行收購了銀聯保險其他股東之股份，易名為恒生保險。

　　1990 年代初期，恒生銀行沒有人壽保險。1995 年我為

銀行成立了匯豐保險和恒生銀行各佔一半股份的恒生人壽，由第一年目標是幾千萬新保費，到 2005 年我離開時，每年新保費已達到 13 億，居香港人壽保險公司前幾名。後來也開拓了強積金業務，跟匯豐保險合計，佔市場超過三成，成為市場一哥。

第 6 節 擔任華商保險公會、保險業聯會工作

銀聯保險一向是香港華商保險公會成員，一向有派代表擔任華商重要職位。當年香港政府想統一香港各保險組織為保險業聯會，再在保險業聯會下分人壽保險總會和一般保險總會。由於香港華商保險公會歷史悠久——在當年已有近 100 年歷史，所以在一般保險總會之下，給予華商保險公會一個當然席位，人選由華商指派。約 1994 年，我被指派去保險業聯會做代表。我初次擔任該保險業聯會職位，秉承以前的做法，都是低調參與。後來有聲音說，為甚麼有華商保險公會，但沒有英國、美國保險公會的當然席位呢？這說法擺明是故意忽略以前的歷史。就是因為政府要吸引華商保險公會加入保險業聯會，於是給予華商保險公會在保險業聯會、一般保險總會內有當然席位的歷史背景。後來就有聲音說，要將香港華商保險公會踢出保險業聯會。

我當時作為香港華商保險公會的代表，當然據理力爭，並為此而經常在會上爭論。後來決定了做一次公投，就由當

時約 90 間保險公司，以一公司一票方式投票決定。但他們公投的選項建議很奇怪，總共有三個選擇，但無論選哪一項，結果都是踢香港華商保險公會離開。我看穿了當中可能有曲折，有點不滿，於是不斷在會議上爭取。為了要一矢中的、同時斯文地點破選項背後的鬼主意，我想到一個比喻。當時一般保險總會的主席是一個外國人，是食齋的（吃素）；於是我在會上用英文說，X 先生，如果你進入一間餐廳，他們知道你是素食的，但他們只提供魚牛羊三道菜，你認為你是有選擇嗎？合理嗎？這個比喻當時引起哄堂大笑。後來他們加入第四個選擇，就是「一切不變」。

有了這四個選擇，我就逐間保險公司去拉票，解釋為甚麼他們應該支持華商。結果，投票顯示有超過六成保險公司支持一切不變。這次雖然保留了席位，但我的力爭令某些人的鬼主意不得逞，意料之中地引致一些人不滿。所以我之後就不再出任香港華商保險公會在保險業聯會的代表，以我本身是恒生保險代表的身份直接參加保險業聯會的選舉，順利當選保險業聯會屬下的一般保險總會委員。當時我的目標是要當上保險業聯會的主席，我要比其他人更努力，擔當更多工作，爭取其他會員的支持及認同。試過有一年，幾個工作小組都由我擔任主席，並且負責報告。我相信我的工作做得不錯，所以後來也得到大家支持，真的當選為聯會主席。這些經歷對我後來參選立法會非常有用，因為立法會保險界功能組別也是以一公司一票的方式選出來的。選民大部份也是保險業聯會會員。

■ 第 三 章 ■

事業履歷的拓展 —— 離開
香港公司轉戰德國公司

第 1 節　離開恒生前業務的高速發展

　　香港華商保險公會一役有一些小插曲。當時有多名人士，想說服我「放心」及放下，不要再為華商爭取。其中一位和我說，如果不能說服我，他就去找鄭海泉先生。我當時的上司是銀行總經理，總經理的上司是鄭海泉總裁。來人的用意是要動用越級力量讓我「放心」、放下。我和他說，如果他找鄭海泉先生，好啊，我會將整件事詳細解釋給他聽，我相信他會支持我；如果他不支持我，我會認為他是非不分，我也不想再為這樣的人服務。凡事要講事實、講道理吧，再有權和勢都要過道理這一關。結果他應該是沒有找鄭海泉先生，而鄭海泉先生也從來沒有問我這件事。我如常地專注我在恒生的業務，也在能力範圍內為華商保險業做該做的事。

　　之前提過，1995 年我為恒生銀行成立了由匯豐保險和恒生銀行各佔一半股份的恒生人壽公司，也提及這公司的業

績順利開展得很不錯。在這裏再多談幾句「業績年年有增長」其實是如何不容易的一件事。

恒生人壽成立後，每年成績都很好，即使定下很進取的目標，每年業務都超過預期。人壽保險和財產保險不同，財產保險是每年續保，所以計算每年成績，是計算續保的生意、再加新生意；續保的財產保險保費被算入當年業績內。但是壽險業務傳統上的計算方法卻有所不同，銷售指標只會計算新做的壽險保費，續保的壽險保單不計算入業績、銷售指標內。即是哪怕你當年壽險成績非常突出，超越指標，可是新年度一開始，一切歸零，你的業績計算由零開始。更悖論、矛盾的是，你去年越成功，新的一年就越痛苦；因為新一年的年度目標是根據去年最後成績做基數，再加一個增幅。由於當時成績一直都很好，經常可以超過指標幾十個百份比，所以翌年如果仍然是超標完成任務，那事實上的增長其實很驚人，因為是在大基數下取得的進展。有一年，因為上一年增幅近 100%，於是翌年再要增加 50% 便很不容易；當年也因而好像未能做到指標，第一次被上司、銀行的總經理召見。無論如何，總體上由於我的成績一向不錯，所以總經理只需要花很少時間在我身上。在保險業務工作了幾年，由於業務非常好，考核評級長期是 A。也由於急速晉升，以及基礎人工不高，我薪酬的實際增長和增加的百份比都頗為亮眼；最高一年加 50%，第二年再加 25%，兩年間，人工差不多翻倍了。1997 年前由於移民潮，職員短缺，人工加幅普遍都超過 10%。之後因為世界經濟衰退，慢慢才出現凍薪

這名詞。

　　保險業務比較專門，所以我的運作管理自由度很大，同事也很好，恒生的特色是大家都全心全意工作，不用花時間在辦公室政治鬥爭上，據說外資公司就不同了。我一向比較注重工作生活平衡，我工作了近 50 年，幸運地一般都會在六時許就離開公司，同事也可以離開，所以他們都很高興。

第 2 節 德國慕尼黑向我伸出雙手

　　這樣的生活維持了好幾年，當時我已經 50 歲，在恒生服務了近 31 年，覺得人生應該嘗試其他工作。剛好當時全世界最大的再保險公司德國慕尼黑再保險的中國區主管 Mr Unrich TRUMPP（他說他和特朗普沒有關係）邀請我擔任該香港分公司 40 多年來第一個華人行政總裁，還邀請我去德國面試。我決定接受這個新挑戰。為了讓恒生銀行有充足時間去找接班人，我請辭是提前三個月通知公司，並且上班至最後一日——那天是 2005 年 5 月 31 日，而我是 1974 年 6 月 1 日開始在恒生銀行工作。是完完整整的 31 年，人生一個難得的階段。上班最後一天的翌日，我立即動身飛德國慕尼黑接受訓練，因為慕尼黑再保險公司已經等了我半年。我相信沒有太多人會像我一樣，工作了 31 年，離開時沒有留一點休假時間，就立即展開下一份工作。總之一切都在從容自然中，彷彿輕舟漫渡便翻越萬重山。心中求變，機遇便

受僱恒生三十年的員工獲發獎狀。照片右左兩邊為鄭海泉先生及其夫人。

跑到面前，讓轉變來得不慌不忙，彷彿冥冥中自有主宰，我需要做的只是把機會捉緊。

我經常覺得上天對我很眷顧，為我做了很多準備。由恒生去慕尼黑就是一個好例子。我在恒生這家華資銀行做了 31 年，整家銀行各個部門的同事都對我非常尊重。況且恒生銀行有一個非常好的兄弟姊妹概念，同事都稱兄道弟，而且真是親如家人，全部都是好朋友，可以想像做起事來有多融洽愉快。而去到一間外資國際公司，公司文化、管理手法，都會跟香港本地公司完全不同，所以也令我眼界大開。德國經驗對我日後進入立法會工作有莫大幫助，當然這是後話了。只是，我的經驗就是如此一步一步拓展，一步一步累積起來，從而接受一個比一個大的新挑戰。

慕尼黑再保險香港分公司的高級管理層和以前的總裁都是德國人，中級管理層和以下的都是中國人，我們彼此要互相適應，尤其是要適應我新的管理方法。我人生最大的體驗，就是要自強不息，落在工作上就是要自己有表現；只要把工作發揮好，所有上級，除了那些怕你會搶去他位置的上級，都會很珍惜你。一般保險公司的客戶就是個人或公司客戶，再保險公司的客戶卻是一般的保險公司，再保險公司不會接受個人或公司客戶投保。我在德國再保險公司的客戶，是香港幾十間保險公司，主要是中資、港資和東南亞資金的保險公司。由於我和保險界關係良好，他們都很支持我，第一年業績很好，增長超過 20%。

回顧在慕尼黑再保險公司的四年間，於新上任時有些小插曲。舉例，我任總裁幾天後召開工作會議，全部管理層都

在座。我當時說,我需要一個人寫會議紀錄。因為業務內容很專業,怕秘書未必能寫好。有位經理很快便搶着舉手,接着說:我工作很繁忙,沒有時間寫會議紀錄。他是舉手搶先表明不幹,不是舉手搶着幹。我當時心想,是不是想給我來個下馬威呢?於是我對他說,好的,就由其他人寫,但稍後你來我房間,我了解一下你工作量是否過重。會後他來了,被我狠狠地訓斥了一頓!我跟他說,你知道我背景嗎?嘿,這一問讓他可能以為我是黑社會背景。我對他說,我在恒生銀行工作了 31 年,剛退下來,拿了優厚的退休金,我不用工作也沒問題,你呢?你可以不用上班嗎?他說不可以,他剛剛結婚又要供樓。我說,如果是這樣,你就得加倍努力,而不是上司叫你工作,你不作詳細解釋就隨便推掉。下次如果再有同樣事情發生,我會開除你。他至此才驚慌失措,連忙託辭解釋,試圖補救。他終於知道輕佻舉手,事大了。可能當時我說話中氣足、聲音洪亮,約半個小時的對話內容,外面的同事全都聽到。之後,同事都很乖很聽話。

那四年整體上工作愉快,業績良好,公司每年都賺很多錢,同事也融洽。由於每年要多次飛往慕尼黑開會,對德國人有些體會。德國人聰明、堅忍、有計劃,做事有條不紊,有點執着,注重信譽和長久關係,是很好的商業拍檔。當時德國總公司令我印象最深刻的是,約早上七時就已經有同事上班。他們很多是騎單車,帶樂器、畫畫工具等上班。原來他們當時已實行彈性上班時間,早上班的,下午三時許已經可以下班,去做自己喜愛的事。公司也有很大的飯堂,免費的。公司也全日供應樽裝蒸餾水、果汁和各式糖果。

■ 第 四 章 ■

參選立法會

第1節　決定參選立法會

　　2005 年當時的立法會保險界議員陳智思先生想退下來，我是其中一個他想找的接班人。只可惜當時我仍在猶疑，興趣不大、也未下決心要為人生轉換跑道，所以沒有答應。2008 年有位好朋友找我談，再次遊說我參選立法會，並大力予我鼓勵。當時大概已知道哪些業界人士會參選，有人認為我也不錯，甚至有人認為我比他們更適合，所以才極力遊說我出戰。

　　考慮了幾天，我覺得自己在保險範疇已嘗試了不同崗位，中、外資公司也做過了，也都做出成績，也許是時候應該做一些新嘗試，於是就決定參選。

第 2 節　參選功能組別

　　我這次轉跑道參選，於工作服務範疇而言，是由商界的保險業轉入政府體制內，你可以說是由從商轉入從「政」——政府體制。做出這決定固然要下決心，可是只要關鍵疑慮想通了，這一次轉跑道也不至於十分困難，因為這轉型是一半一半，我是循保險業功能組別參選立法會。換句話說，就是帶着我的專業身份，也帶着從前在業內做出的業績、專業操守、認受性等積累，轉入另一個層面去為保險業界服務，同時也為香港市民服務。可以說，工作性質同中有異，異中有同。當然，轉入立法會工作，我要更多地考慮香港的整體利益、香港人的福祉，從中平衡業界與社會大眾的利益與關係。這種轉場，並沒有完全離開我的專業。尤其是我曾經做過香港華商保險公會主席、保險業聯會的主席。我奉行自強不息，擔任業內公職，從來都親力親為承擔不同工作，不會做掛名主席。所以自己公司的業務要做出成績之餘，業內人士都知道我熟悉行業整體運作；大概因為我是實幹型，因此支持我出選的力量是存在的。

　　至於正式參選後選舉工程是否做得辛苦，現在回想，也並不算太勞累。保險業界功能組別是一公司一票制，總共也只有約一百多票。當時我有向多間公司去拜會，特別是那些不熟悉的公司去見面。出於個人信念，我相信大家會憑參選人的實力做判斷。所以選戰工程打得比較簡單，不少友好公司則只是打電話溝通一下，並不算很困難。

　　因為有三人參選，保險業功能組別的選舉程序行兩輪投票制；如果第一輪投票沒有人取得簡單過半票數，就會進入第二輪投票。舉例，三人之中，在沒有人取得簡單過半票數之下，會讓第一及第二高票者進入第二輪投票，從而決勝負。我於當時是在第二輪勝出，成功當選。

　　整個選舉過程令我體會得較深刻的，是功能組別的選舉也有它的好處。

　　功能組別的好處是選民都十分了解參選人，投票者（持票人）通常是公司總裁。大多是很有經驗的商界精英。不會出現持票人是單純看表面或選舉廣告這種偏差。這些持票人看的是實事、也看交往經驗，不是花言巧語；換個角度看，是參選人想騙票也難，業內人選業內人，起碼有個譜。直選方面，除了一些扎根在地區，長期認真服務市民的候選人，其功績被廣為認同外，很多時選民對部份候選人其實並不認識，只靠廣告宣傳去對參選人建立印象；投票的、與參選的，彼此的關係並不堅實，於是選舉工程比較容易滲透欺騙成份。循這個角度觀之，議會內保持一定比例的功能組別選舉，其實是保障議會議員的質素，未必是壞事。因為功能組別選出來的人，起碼是被專業選民認許其水平及實力的人。直選比較容易出現投票的與參選的互不認識，沒有深交。因此功能組別把投票者（持票人）以公司為單位，是去泛泛化，未必是壞事。當然，後來有人認為這方式民主成份不高，於是將部份功能組別的投票權由公司、組織開放至個人，如此一來，便將直選的特性、正面及負面的特性都帶入

功能組別。這種功能組別選舉人身份之開放，好或不好，現在已基本上略為知道。這開放是否令社會能選出最佳人選，確是見仁見智。

此外，功能組別代表的是商界的聲音，讓它在議會內有一定比例的議事代表，這構思其實很合理。試想想，一個社會本來就由不同人組成，有普羅階層，也有商界；有工人，也有僱主。多元共存，大家也重要。所以只可有直選，反對功能組別，在思維上未必公道。如果一個議會只是分區直選模式獨大，議會內的當選者便會只看重地區事務——他選票的來源；也經常被詬病向籠絡人心的方向發展，例如派福利，不看長遠，要民粹，要票……等等。他要捉緊抓穩票源，所努力的目標未必會顧全大局。分區直選如果成為議會內的主流、佔最大比例；恐怕直選文化的缺點就會滲入立法會選舉，而日後運作起來，立法會也會區議會化。而功能組別的議席只要比例適中，組別劃分夠合理，夠有廣泛代表性，就可以把社會主要的專業精英都收納到議事堂內。

功能組別自有它的功能和好處，把它的存在及選舉形式（一公司一票）一棍打為不民主、是負面的，並不公道。

反對功能組別者有一個想法，是以為業界選出來的議員只照顧業界利益——起碼我已不是如此。總不能做一些決定只對自己界別有利、社會不利吧；如此一來，事實上其他議員也不會支持。以我的經驗，功能組別的議員可以為社會運作起平衡作用，令各方利益互相制衡，從而取得共存的空間。回顧我過往的做法，身為功能組別的議員，我不會提出

或支持那些只對我自己界別或對個別界別有利，但損害香港市民整體利益的事情。我會拋開即食文化，會支持一些短期內會痛、會令部份市民不喜歡，但長遠對香港有利的政策。

■ 第 五 章 ■

立法會工作點滴

第 1 節　2008 年 10 月至 2012 年 9 月
立法會第四屆——我的第一任

一・勤勤懇懇的新丁

　　當選第一年，我仍然擔任慕尼黑再保險公司的總裁，作為新丁，我以立法會工作為首要任務，基本上每天會議時間都在立法會，開會整個過程都不敢離開，既想向其他議員偷師，也想了解政府是如何回應議員的提問。當年的立法會開會時間比較短，一有空檔，就跑回對面金鐘東昌大廈忙公司的工作。後來我覺得需要專注立法會事務，就在一年後2009 年辭去慕尼黑再保險行政總裁職位，改為擔任慕尼黑再保險大中華諮詢委員會委員，從此開始我全職立法會議員的生涯。

　　作為議會新丁，頭一兩年主要是認識及學習議會運作。

二 · 對「政治」及議會產生與從前不一樣的理解

轉入議會工作，並轉為全職議員之後，我有過艱難的適應期，基本上是我第一任任內的狀態——「現實中的議會」與「想像中的議會」頗有落差。

成長及就業、在商界打天下的經歷讓我建立了自己的一套信念，就是自強不息，裝備好自己的能力之餘，做事的風格也十分重要。起碼我找到一套適合自己性格的做事風格，也行之有效，就是凡事親力親為，以誠待人，做事公道；還有，在以理服人之下不平則鳴，處事互相尊重……。而我這一套做人做事的經驗累積放到議會工作上，出現了一些衝擊。例如，議事堂內的政治，會扭曲常情常理，尤其是我第一任任內的反對派，出了不少並非以事論事，整天只懂得為反而反的人物。當然，往後的兩任原來處境更艱難，那是後話了。

我進入了立法會，但為人處事的性格不變。例如，當我聽到很不對勁的發言，會無保留地以理反駁，清楚表達自己的意見。然而，久而久之，開始感受到在議會內從政，有很多認知跟商界不同。最大的認知是很多不應該做的事，有些議員都可以在議會內把它說成天花亂墜，讓民眾以為是好事。而也有些議員視野狹窄，很短視。我樸實地認為，投身議會工作就應該為香港市民服務，我進入議會尤其不是為了撈着數。我在自己業內已光榮完成任務，如果不是加入立法會，本來已可以退下火線，過另一種生活。走入議會，是想用尚算健壯的生命，嘗試回饋社會，多做一點好事。然而，

某類議員完全不是我這種心態，他們更像是一條鯊魚，嗜血，只會咬嚙糾纏跟他意見不同的議員同事。稍後可以舉一個讓我印象很深刻的實例。

　　總之，一屆任滿，我是驚訝，不無失望。我天真地以為「他們」是「小朋友」──年齡成熟但心智不成熟，於是曾經不斷跟他們、乃至在議會上也說大道理。我說得很開心，因為自感義正詞嚴，可是第二天我發現正言正音原來不會有傳媒報導，聲音散不開去。那種道理無處申張的無力感一而再地出現。第一任任內，首次令我感受政治操作的不可控、沒有着力點。而即使已身為立法會議員，在議會內的無力感，以及真的成不了事的挫敗感，令我體會原來即使已當上立法會議員，其實也相當渺小。跟講效率的公司文化不同，公司運作有明確目標，拚業績上下一心；然而轉換跑道後發現，立法會內要成一件小事、好事，要有很長的醞釀，要花很多力氣去拉票，如果事情因而有「小成」，哪怕只是少少的百份比可以完成，已十分開心。

　　四年下來，不是我想像中的成效，不無失望。如果自己仍要留在議會，我要問自己意義何在？因此那四年間不會再續選的思想不斷浮現。

　　感覺上這四年是平平無奇地渡過。

三．令我開始擔心、失望至想哭的一件事

　　在未進入議會前，我想像中的議會是個服務市民，高手精英就治港政策交流意見的地方。上面說過四年任期令我不

無失望，是因為四年過程中議會內的議事文化有點不是我預期及想像中的模樣、乃至水平。我可以用一件事做例子。那次我發言時非常感慨。在商場不敢說身經百戰，但也有不少經歷的我，當時失落、感慨、茫然至欲哭……未落淚而已。淚水在眼眶內滾動，是失望和擔心香港至想哭。心想：怎麼會變成這樣的？！當時已感到這種議會文化會重重地傷害香港。當然，現在回首自然知道，往後的議會文化確是只有更差，沒有最差。2012 年更發生「掟蕉事件」，還有……；這些是後話，以下先說一件於我、作為一個全新議員，對議會充滿期待的新丁而言，是很有標誌性意義的事件。且看看讓我眼眶滾動着熱淚去發言的是甚麼一回事？當天發生了甚麼？

香港是亞洲區內引入最多菲傭及印傭的地方。家庭外傭的引入，釋放了香港的就業能量，很多本應該是留在家中的婦女，都有機會走入社會，一展所長。而一直以來，海外家庭傭工兩年一約，在兩年合約內，為每名外傭每月需繳付 400 元僱員再培訓徵款，以培訓本地勞工作補償。眾所周知，2008 年發生衝擊全球的金融海嘯，影響所及，經濟及就業受創，不少家庭都因而減少收入。針對這波衝擊，香港政府於 2008 年 7 月 16 日宣佈暫停徵收僱員再培訓徵款，為期兩年；其後擬增至五年，也有修訂議案。2008 年 12 月 10 日立法會便討論是否應該把暫停徵收僱員再培訓徵款延至五年，也有修訂議案建議永久撤銷再培訓徵款。這是個不涉政治的民生問題，從不同角度代表不同利益的議會代表，可以

中華人民共和國 香港特別行政區立法會			網站 ｜ 議員 ｜ 委員會 ｜ 法案 ｜ 立法會資料		ENG ｜ 簡
		立法會事務	議員　公開的議會	教育服務　到訪	立法會簡介

			（中 文 版）	
2008 年 11 月 12 及 13 日	會議議程	會議紀要 投票結果	會議過程正式紀錄 （中 文 版） 12.11.2008 13.11.2008	會議過程即場紀錄本 12.11.2008 13.11.2008
2008 年 11 月 19 日	會議議程	會議紀要 投票結果	會議過程正式紀錄 （中 文 版）	會議過程即場紀錄本
2008 年 11 月 26 日	會議議程	會議紀要 投票結果	會議過程正式紀錄 （中 文 版）	會議過程即場紀錄
2008 年 12 月 3 日	會議議程	會議紀要 投票結果	會議過程正式紀錄 （中 文 版）	會議過程即場紀錄本
2008 年 12 月 10 及 11 日	會議議程	會議紀要 投票結果	會議過程正式紀錄 （中 文 版） 10.12.2008 11.12.2008	會議過程即場紀錄本 10.12.2008 11.12.2008
2008 年 12 月 17 日	會議議程	會議紀要 投票結果	會議過程正式紀錄 （中 文 版）	會議過程即場紀錄本
（聖誕及新年假期）				
2009 年 1 月 7 日	會議議程	會議紀要 投票結果	會議過程正式紀錄 （中 文 版）	會議過程即場紀錄本
2009 年 1 月 14 日	會議議程	會議紀要 投票結果	會議過程正式紀錄 （中 文 版）	會議過程即場紀錄本
2009 年 1 月 15 日^	會議議程	會議紀要	會議過程正式紀錄 （中 文 版）	會議過程即場紀錄本

議員的發言可以在政府網站內找到足本紀錄。

有事慢慢談。誰知道討論過程中十分非理性，還把不同角度的考慮及理據，擬人化為是好人與壞人的對決，支持是正義，反對是鬼⋯⋯。

我當日的發言如下，全文見立法會會議紀錄（2008 年12 月 10 日，頁 133）※。以下是內容節錄。

主席，我今天本來沒想過要發言，但我剛才聽了詹培忠議員和謝偉俊議員的發言——主要是詹培忠議員的發言後，我真的感同身受。香港是一個自由社會，每個人絕對有權利表達自己的意見，即使意見與大家的不同，大家也應確保不受威脅，不受威嚇，不受攻擊。

我相信香港的立法會更應尊重這項基本權利，如果任何人一方面大談民主，另一方面卻肆意攻擊其他人，用文革方式來攻擊他人，我認為這對民主是極大的侮辱。我原本無意發言，但我非常認同兩位今天的發言。

我也是個新丁，令我很奇怪的是，在議會內，如果我的意見與大家不同，我便被逼產生似乎很羞恥的感覺，為何要這樣呢？我有意見，有我的原因，我們是為了香港長遠的好處才下這個決定，我們也是經過深思熟慮和周詳考慮的。我們不是短視，而是在考慮各界利益後，才作出這個決定。我們絕對對得起自己的決定。

所以，我認為立法會真的要重新建立一個秩序，要互相尊重，不要像鯊魚般咬嚙別人。我認為我們應絕對尊重同事，對他人的意見，要反對便反對好了，為甚麼要攻擊其他

人呢？我認為這完全是一個錯誤的文化，我希望從今天開始，各位正義之士能改變這種文化。

可惜我這些衷心、良好意願的發言，對政治人來說，肯定被認為是很幼稚，無人理會。

※2008 年 12 月 10 日立法會會議紀錄。內有我的發言全文。
https://www.legco.gov.hk/yr08-09/chinese/counmtg/floor/cm1210-confirm-ec.pdf
https://www.legco.gov.hk/general/chinese/counmtg/yr08-12/mtg_0809.htm#081210

第 2 節　2012 年 10 月至 2016 年 9 月
立法會第五屆——我的第二任

一・「擲蕉」及「拉布」令議會文化每況愈下

2012 年，我成功連任立法會議員。同年、2012 年，黃毓民擲蕉，議會文化開始崩壞。當時有一位資深民主黨議員跟我說，議員都可以不守規矩，一定會影響年輕人，很快他們就會有樣學樣，禮崩樂壞，將來要教好年輕人很困難，需要花好多年的時間。他的話，在往後的十多年應驗了。之後幾年，衝擊議會的事不斷發生，侮辱責罵官員慢慢變成議會生態的一部份，並越來越嚴重。對這種情況，我覺得越來越難以接受，議員的辦公室都有會議室的直播系統，所以議員

可以在辦公室一面工作，一面留意會議情況。有很多次，我覺得有些議員的發言實在太過份，太不堪，忍不住，在八樓我的議員辦事處，衝去一樓會議廳或者二樓會議室發言，直斥其非。

二‧2014 年違法「佔中」的衝擊

2014 年的違法「佔中」事件，發生在我第二任立法會議員工作（2012-2016 年）的中段。

2008 至 2012 年是我第一次當立法會議員。當時任內四年的感受是對議會文化有點失望，感覺反對派議員為反而反，而且議事之外太多人身攻擊。而第二任立法會工作剛開始不久，便面對黃毓民掟蕉事件，預告了議會文化進一步惡化，會向禮崩樂壞的方向發展。而整個香港社會的氣氛也配合了往下走的立法會議事狀況。繼 2012 年、梁振英政府新成立之初的反國教事件反對力量得到甜頭的勢頭下，2013年香港已開始醞釀「佔領中環」的躁動，最終在 2014 年 9月 28 日發生違法「佔中」事件。

當時政府初期以克制為主

2012 年的反國教事件只集中在政府總部門前，它的反社會範圍局限在一小片地方之內。而違法「佔中」的「受災」面積大多了，令我第一次見到香港社會可以如此瘋狂。以今天經歷過逼出香港國安法的 2019 年黑暴而言，當時違法「佔中」的暴力程度及不上黑暴，但如處於 2014 年當年

而言，當時對整個香港社會，乃至我的衝擊都相當嚴重，社會整體情況也十分嚴峻。

「佔中」的暴力不同於黑暴，「佔中」79 天更有不同階段，總體而言，最經常被看見的是語言暴力，以及人格上的凌辱傷害。表面沒有傷口，卻傷人至深。當時被針對的是警察，是有意攻擊削弱香港的執法能量。執勤的警員被欺凌、羞辱，於 79 天內司空見慣。期間，因為示威者非法堵住入口，令進入政總、乃至警察總部都被阻撓，甚至出現警察的食物也需要他們檢查才放行。

有一天一位政府高層把議員請去面晤，談「佔中」的形勢。他說：政府天橋佈滿外國記者，他們的目的，就是要拍流第一滴血的照片，想重演天安門風波。他們最想事件鬧大，最好見血，從而可以制裁香港等等。該位高層的意思是不會讓他們得逞的。可能因此，當時香港政府一方十分克制，起碼這是「佔中」初期的態度。

有一次，我被追罵

違法「佔中」當時，俗稱「煲底」的立法會示威區放滿了小帳篷；絕非誇張，當時甚至放過很多雙層床（香港稱碌架床）。議員出入會被他們指罵。此外，政總外平日行車的主要幹道也被他們霸佔，他們搞樂園、辦教室，主要是想吸納中學生，宣稱學校放學後，「佔中」學生可以去那裏補習。他們把公用車道變成一片「樂土」。那時圍政總的人每天都有人供應三餐，當中的組織及物資投入十分驚人。

2014 年雖然已經是我當立法會議員的第二任，但那時公眾對我並不太熟悉。我是在 2015 年前後才被公眾更普遍地認識，尤其是 2015 年 10 月出任財委會主席之後。當時政總門外「佔中」者將立法會 43 名親建制議員的照片放大，貼在地上；其意是不斷踐踏他們。我的照片自然也有其中。對於這群圍攻立法會大樓和政府總部的人，一來因為他們不熟悉我，二來我是不會迴避他們的，我沒有懼怕，如常出入，如有需要也由金鐘地鐵出口步行回立法會大樓。

有一次，他們當中有人認出我是陳健波 —— 那人望一望地面上的照片，確認了，便追上來罵我。那人大概三十上下，他說：「你為甚麼撐黑警？」。當時我已步行至「連儂牆」（夏愨道政府總部的一道牆）旁邊的長電梯。我上了扶手電梯後，那人已追及。他也上電梯，在我後面不斷罵罵咧咧的。他大概以為我會怕、任他罵，有點肆無忌憚。他沒想到我會轉過身去，反唇相譏，說：「撐警察有甚麼問題？他們做得對我當然要撐。」我氣上心頭，還反過來批評他。我說：「就是你們這種人，令香港沒有了民主。你們這種是霸道極權，不是民主。」對於我的反嗆，那人一時給窒住了。這次經驗給我的觀感是，他們其實很窩囊！以為人多勢眾就人人都會怕、會避開他們，誰知我非但不怕，還跟他們理論。而他們除了泛泛地罵，根本沒有思辨與對質的能力。我甚至還舉起手機拍他！

有便衣保護出入的議員

當時還有很多荒謬的情節，就是「佔中」人士日間在外面示威，晚上唱完歌後就走入立法會睡覺，甚至洗澡、取用食用水等等，大概是反對派議員做內應，令他們可以玩夠了之後進立法會眾多會議室睡覺。立法會大樓對外界的隔離被掀開一道縫，十分不安全。

「佔中」期間進出政總及立法會大樓的主要行車大道已被示威者霸佔，但政府和立法會未被完全癱瘓，立法會議員照常回辦公室工作，只是彼此出入會特別小心。當中有一個小故事。某議員晚上開完會議後步出立法會大樓往地鐵站方向走去。期間，他被「佔中」人士盯上了，有多人追上去指罵他。於當時而言，幾個人來勢洶洶，某議員是有人身安全風險的。某議員說，追上來指罵他的人當中，有一人在混亂中悄悄地、也飛快地湊近他耳邊，說：你放心，我是警察，我會保護你。說完悄悄話，他又混在追上來的那些人當中，一起罵那位議員：某某某（某議員的名字）正衰人！橡皮圖章……無用廢物……。耳語他的便衣不斷罵！一直罵（陪）他至地鐵站為止。

民主，不應該是做下三流事情的藉口

2014 年的這場動亂令我有很多迷思——怎麼香港會變成這樣子的呢？在香港接受的教育，乃至我的工作經驗讓我形成一種看法：有言論自由就是民主。也因此，哪怕我不同意你的意見，但我會捍衛你說話的權利。這就是我理解中的

民主。而「佔中」令我第一次感受由極度包容、對方（「佔中」者）卻轉入橫蠻無理是甚麼一回事。當時沒有人敢處理「佔中」者及其行為。我認為後來 2019 年的黑暴，跟「佔中」期間無人敢出手處理他們有關。

79 日是個十分漫長的過程——尤其當時你不知道何時會結束。違法「佔中」的過程在十多天、三十多天、五十多天……不斷發生階段性的升級及變化。這種一步一步升級的扭曲，是我一次反思民主的思想洗禮。

「佔中」初期那個多星期，我用對民主的理解予以忍受。然而，法庭頒佈的禁制令被漠視，尤其是第 53 天（11 月 19 日）示威者衝擊立法會大樓，令大樓多處受損，玻璃被打爛，甚至有暴徒阻止警方執法令三名警員受傷，已完全令我覺得事情不對勁！事態的升級，一步一步令我反思「民主」是否就代表甚麼都可以做？上面 2014 年 11 月 19 日的衝擊是公眾很容易見到的破壞，而另一種破壞更加刺激我思考。有報章報導，有清潔工表示，立法會大樓內有違法進入者製造的垃圾，包括有用過的避孕套。像這等事情對我的衝擊不只是道德上的，還涉及對民主的反思。民主的底層應該包含質素、水平與尊重。立法會理應是一個莊嚴的地方，本質上及理論上是建設社會的一份力量。對於這樣性質的一個地方，被人非法闖入本身已經屬於犯法，應該被拘捕及受法律制裁；而當時這些人非但沒有被拘捕，還放肆到為所欲為。凡此種種，都令我對民主的理解發生非常大的衝擊！民主可以很寬鬆，可以充滿包容，但它不可以是任何下三流事

情的藉口。

　　在外界看來，立法會沒有好好保護自己的莊嚴性，這批評某程度上來說是對的。因為初期乃至整體上，不讓外國記者拍到第一滴血，不中外部力量的計，是政府比較克制的原因之一。然而，於我而言，我並非放手不理，起碼我嘗試集合其他議員及同事一起討論對策。這些對策在沒有和應之下落空，是另一回事。

　　無論是第一任時的失望，還是 2012 年黃毓民掟蕉，抑或是 2014 年的違法「佔中」，它們都成了我 2015 年前後個人議事風格轉變的推動力。至 2015 年，我甚至積極加入競逐財委會主席一職。發現問題，不坐待其他人為我解決，也不把問題掃入地毯底下，是我不變的性格。至於我「變」了的，是對民主的理解。也可以說，是對民主的認知比從前深刻了。

三 · 對「拉布」的反擊

點算人數是甚麼一回事

　　當時還有一個很反智的現象，基本法規定立法會法定人數是議員人數的一半。當時有 70 位立法會議員，一半即是 35 人。當時建制派有 43 人，表面上立法會很容易控制，因為 43 名建制議員已過半數。而反對派不時會全部不出席，或只留一人出席以防建制派有行動。為了不流會，建制派 43 人當中要有 35 人出席，這樣的出席比例，不是基本法法

定的一半，是 81% 出席率，對建制派議員來說壓力很大。

當時反對派為玩轉議會，經常不出席。每當反對派發現會議人數不多，便不時向主席提出要點人數，以此拖慢議會進度。一響起點算人數的鐘聲，建制派議員便要在十五分鐘內由辦公室衝入議會。市民一般不明白，立法會的會議整天在開，各議員陳述意見時，大家可以在辦公室內看直播，根本不用牢牢地坐在議會廳內。議員不是整天也留在議事堂內開會其實很正常，因為有其他事要跟進，或者要會見不同人。開會，不是一名議員的全部工作。

而令人生氣的是，每次點算人數的鐘聲響起，當我由辦公室衝進議事廳時，往往會看見有反對派議員施施然離場，因為他們的目的就是希望點算結果人數不足，從而流會。

當時我便跟媒體說，每次流會只批評建制派，只把建制派議員的名字及相片公開，是不公平的；因為按出席比例，反對派更應該被狠批。不批評反對派是不公平，也助長了反對派的氣餤。

單是這種不斷點算人數的玩法，反對派玩了兩、三年，真的把人也逼瘋。幸好建制派大部份堅守崗位，即使有重要工作也盡量安排在立法會大樓內進行，盡量減少流會次數。

對侮辱性的挑釁直接反擊

2015 年 5 月 6 日工務小組委員會召開會議。就是這一次，因為陳偉業以「狗奴才」來挑釁，被我回罵他是「人渣」。

　　事緣 2015 年 5 月 6 日當天，立法會工務小組召開會議，商討啟德體育園區前期工程撥款等項目。啟德體育園區前期工程撥款申請已討論多時，5 月 6 日是不斷的繼續討論。事實上很多問題翻來覆去地被一問再問，政府怎樣回答也沒用，反對派的目的就是拖延撥款表決。當天陳偉業議員引用《議事規則》要求會議中止待續，但最終僅獲十票贊成，多達 25 名在席議員反對，令陳偉業的動議被否決。而啟德體育園區前期工程撥款申請，最終以 21 票贊成、14 票反對，大比數獲得通過。

　　上述是結果，至於過程，充滿火爆與火花。議事期間，長毛梁國雄議員質疑我根本沒有仔細閱讀文件，並嘲諷我的助理「沒寫稿」給我讀出來。我當時立即反駁，直指梁國雄才沒有讀文件。而「人民力量」陳偉業也發言，罵建制派盲目支持工程項目，結果導致「超支又超支」，陳偉業更批評建制派是「狗奴才」。這分明是含血噴人和人身攻擊，我半步不讓，反批陳偉業才是「人渣」，並要求主席梁家傑作裁決。

　　梁家傑表示陳偉業口中的「狗奴才」沒有特別指定是罵某一人，認為有人對號入座。我不忿，再斥所有「拉布」的人都是「人渣」。陳偉業罵人他沒有叫他收回言論，卻問我會不會收回言論。我立即表示不收回，也無意阻礙會議運作，再說了一次「陳偉業是人渣」之後就離場抗議。

　　而同一個月、約十多天之後，我又一次用「人渣」來罵陳偉業。

2015 年 5 月 22 日，立法會晨早九時便開會，是連續第三日表決反對派議員就財政預算案提出的 492 項修訂。當時建制派和反對派透過協調機制確定大家都有議員出席，令會議不用流會，可以就那些不合理的提案進行表決。然而，反對派破壞協調機制，他們「玩失蹤」，只得小貓三、四隻出席。由於在席議員不足法定人數，主席曾鈺成先後 12 次響鐘召喚議員。其中一次，在等候其他議員回座位期間，有電話打入找我，我快步走往會議廳第一道門與第二道門之間接電話，以便隨時可回座位，以符合法定人數。此時主席以為我會離開會議室，叫我返回座位表決。陳偉業趁機挑釁，說：「呢啲就係『保皇黨』嘅表現」（「這些就是『保皇黨』的表現」）。這真是豈有此理，不守規矩的是反對派，就是因為反對派故意不出席，玩拖延、玩「拉布」，白白浪費了議會的時間，也浪費我時間。會議由九時開始，進展緩慢一事無成，至中午休會前，仍有 19 項修訂未處理。我怒上心頭，斥陳偉業是「人渣」。陳偉業和反對派議員，尤其連會也不來開的那批，有出糧，無出席，為反而反，這是甚麼世界！於是我當天進而質問，「為何大家容忍這樣荒唐的事年年出現？」

5 月 22 日是反對派長期「拉布」的又一個例子而已。2015 年「拉布」已變成例行公事，「拉布」操作在不同小組內遍地開花。當時由制度到各式小組主席都沒有能力阻止議員提出荒唐、無聊的修正案，令寶貴的會議時間只用來不斷撳掣否決反對派那些無聊的修訂。因為一天之內要反對一千

項這種無意義的修訂。我當時曾以「撤傻仔鐘」來形容這種議會內耗。

5月22日那次會議，結果在下午1時結束，仍有19項修訂未表決。主席曾鈺成宣佈留待之後的星期三（27日）繼續。當時的立法會就在這種無聊的「拉布」操作下浪費公帑、浪費光陰。這也促成了我產生想接手財委會主席的念頭——我要「剪布」！

在這說幾句題外話，香港社會那種不尊重規範，不尊重權威等反社會風氣，也是影響年青人最深的風氣，是由2012年立法會掟蕉文化傳開去的。因為作為議員擺明可以不遵守法例，可以不分場合做甚麼都可以，錯的永遠是別人……這類議員文化及行為，對社會影響十分深遠。

四‧2015年出任財委會主席

當時夠膽斥責反對派的議員不多，我敢於反擊他們的風格及態度，慢慢引起各方面的注意。議會也越來越混亂，反對派發展出「拉布」這一套，目的就是將議會拖長，令政府想通過的事項需要多幾倍時間才能通過，拖慢政府施政。方法就是胡亂發言，言不對題；二十多個反對派議員，就好像接力選手一樣，輪流不斷以「拉布」方式發言講話。這種「拉布」方式，很快就蔓延到財務委員會的表決上。2012之前，財務委員會（簡稱「財委會」）每年開會只有幾十小時，但「拉布」令會議不斷拖長。我出任主席之後，為確保撥款得以表決，主席除了「剪布」之外，唯有不斷加會，確保在

七月份該年度暑假休會前撥款能獲得通過。後來發展到最高峰每年近 270 小時，開會時間增加了幾倍。當年經常有需要在假期加會，二十多名反對派議員中，只有兩至三位表示出席；幸好建制議員全力支持，三十多人填報出席，令我得以召開會議，才能以加班對抗「拉布」。很多政府政策都需要撥款支持，財委會拖延，確實影響政府施政。很明顯，財委會的情況十分嚴峻，是個關鍵戰場。

2012 年新一屆立法會各年財委會的主席、副主席人選如下：

2012-2013 年度，主席張宇人，副主席劉慧卿；

2013-2014 年度，主席吳亮星，副主席劉慧卿；

2014-2015 年度，主席張宇人，副主席陳健波。

五‧我說話，開始有記者拿筆記下來⋯⋯

有位記者說，有些議員的話他們是不會寫的，言外之意是寫了也沒人看，這就是傳媒用的字眼，沒有 soundbite。但是有些人，他還未開口、只要見到他走過，記者便立即拿起筆，迎上去叫他講幾句，因為他講話有 soundbite。Soundbite 也者，話中有咬得住、抓得牢大眾注意力的簡單語句。「傳媒」時代、不是「新聞」時代，是否吸睛成了記者的採訪標準之一。而我說的話，記者由不會寫、不大愛寫，到記者會寫、樂意採訪我幾句，時間大概是 2014 至 2015 年間，是我第二任議員生涯的後半階段。那時的我，在記者眼中開始有 soundbite。

　　從前記者不會留意我，是因為我斯斯文文，不算多言，平日議會內就發表做足準備的正規發言稿。有板有眼的正規發言對傳媒來說不吸睛，哪怕我其實做足功課。前文提過，2012 年的議會文化最標誌性的轉變，是黃毓民掟蕉。他的蕉也掟出破窗效應，整個第五屆立法會的議事文化在無人有能力修正之下，風氣愈來愈壞。在這種環境下，好人也被逼上梁山，連我這個斯文人也多次「佛都有火」。我忍無可忍，於 2014 至 2015 年間，多次衝入議會內直斥反對派之非，記者們開始留意我。立法會議事堂內的發言有直播，我們每位在辦公室辦公的議員身不在議會內，卻隨時可以收看會上討論些甚麼。就在第五屆立法會的後半階段，我好幾次聽到反對派扭曲事實，歪言惑眾，覺得非即時糾正不可。於是，就立即由自己八樓辦公室衝落大會議廳發言反擊。2014 至 2015 年我有過幾次衝入立法會發言的紀錄，主要是罵反對派，是有理有據的不吐不快，而且有我的角度及真心話。就是這樣來回幾次，令我開始被記者留意，我說話，也開始有記者拿起筆來了。

　　第五屆立法會是十分艱難的階段，社會氣氛及大部份傳媒都向他們傾斜、整個勢靠向反對派一邊，跟他們對立的人動輒得咎。因此，當時針對反對派而言，敢於跟他們「鬥爭」、能「鬥爭」的人不多。事實上能鬥爭的人未至於無，有識之士不少；但形勢不就之下，「敢鬥爭」的人着實不多。跟反對派鬥，於當時要付出被圍攻、被抹黑的代價，一般而言不容易「敢」鬥爭有其原因。我敢於鬥爭，是忍受不了歪

理橫行，我要秉公直言。當時有記者甚至把我形容為「好勇鬥狠」。這種「美言」，正好反映我說的話開始有 soundbite 了，有傳媒報導，有反對派在意。我在 2015 年當選財委會主席，那是個需要鬥爭的燙手山芋，不少市民就是透過財委會直播認識我、記得住有我這個議員。當中不少市民甚至如追劇般追看我的財委會會議。

第 3 節　2016 年 10 月至 2021 年 12 月
立法會第六屆 —— 我的第三任

2015 年那時我已當了立法會議員七年，是第二任。我要決定 2016 年是否值得繼續爭取連任。我當時認為如果我在立法會不能擔當更重要的角色，起不了大作用，不值得繼續留在立法會。

當時我認為財委會可以有更好的方法去處理「拉布」。2015 年 9 月份立法會休會期間，我打電話給一位建制派元老，要求他支持我擔任財委會主席。他沒有答應，他對我說，他們還是屬意另一位有財委會主席經驗的議員出任。但是冥冥中好像上天自有安排，我跟建制派元老通電話的幾天之後，現任的在電台節目內表示不會競逐財委會主席一位。當時香港電台一位姓黃的記者打電話問我，有興趣擔任主席否，我表示有興趣。其後，我就參加了不記名選舉，當選財委會主席。

　　在立法會的歷史上，由於財委會主席地位僅次於大會主席和內會主席，所以一直都是有大黨背景的議員才能夠擔任；當年建制派另一位元老黃宜宏，以及後來民主黨的劉慧卿，便因而得以有足夠支持票，擔任財委會主席。而這個位置落在我這個沒有大黨背景的人手上，很可能是因為當時財委會是最難啃的骨頭、衝突最尖銳的「戰場」，所以，沒有太多議員願意接手這個燙手山芋。當年財委會「拉布」情況十分嚴重，經常要和反對派正面衝突，少一點戰鬥力也頂不住。就這樣陰錯陽差，我這個沒有黨派支持的人最終得到這個機會。你也可以說機會留給有準備的人。我的準備是心理層面的，就是問自己做立法會議員所為何事？為何我仍要留在立法會？要留下來，就做些能起作用的事。我主動提出溝通，未果；最終是沒有人願意上，我上，做能起作用的事。

一‧從逐字記錄去認清問題癥結及尋找解決辦法

　　我當選後，立即日以繼夜，找來吳亮星當日開財委會的逐字記錄，詳細研究當中的對話及過程。財委會之所以有逐字記錄，是當年反對派為了方便蒐集證據去做司法覆核、推翻財委會的決定，所以要求財委會整個過程都要有逐字記錄。遇到難題、下決心解決難題，我喜歡由根本處入手。有照片為證（附照片），我花了不少時間和精神細讀吳亮星時期的記錄，從千頭萬緒中找問題的癥結、找啟發。我從文件之海裏圈出了約 100 條問題，之後和秘書處和法律顧問開了幾十個鐘頭會議，針對他們鑽議事程序空子去「拉布」這手

法，釐清及進一步了解會議程序。當時我提出的不少問題，秘書處和法律顧問也需要進一步研究，才能確定正確的做法為何。

　　我很幸運，十月份財委會正式運作前，高等法院就黃毓民對立法會司法覆核案件，就立法會主席和財委會主席的職權在判詞內作了解說陳述。高等法院指出，立法會主席並非安坐在座位上、指揮議員問答而已；主席有負起規管（regulate）會議的責任，並且有終止討論及設置辯論時限的權力。這個法庭判詞非常重要！因為之前對主席的權力，並無明確的判例可依循。這個判詞等如給了我尚方寶劍。我請法律顧問將法庭判詞重點寫成兩三頁的文件，分發給全體議員之外，更印備了很多份，派到議員的座位上。我在主席台上也備了很多份。當有議員挑戰我時，我可以立即拿出文件解釋，並把文件提供給有關議員。這一招非常有效！此事也反過來證明反對派當時還是尊重法庭的判決，未敢違反判詞。只是後來覺得法庭不是站在他們那一邊，就開始想出一些不用遵守法庭判決的理論；例如日後荒唐的「違法達義」，用偽理論去將違法行為合理化。

二 · 惡名昭著的「拉布」工具 37A

　　37A 是財委會會議程序第 37 條 A 段，中文字面上是很清晰的，議員在投票前可隨時提出「一項」臨時動議；英文表述應該是 one motion ，但卻寫成 'a motion'，結果某次高鐵撥款時，將「一項」臨時動議（a motion）解讀為每名議

員「每次」可提出「一項」臨時動議，等於可以提出多於一項。事情演變下來，於最高峰的時候，有一名議員提出一千條臨時動議，提出幾百條動議的議員也不少。主席和秘書處先要看清楚這幾千條臨時動議，才能決定這些動議是否符合會議規程，以及能否正式放在會議上討論。我做主席之前，這種臨時動議已經令會議寸步難行，當時有人想修改這個臨時動議程序，但反對派竟然提出 200 多萬個臨時動議去阻撓；當然這些臨時動議都是改動一些數字或情景或地區國家而成，是輸入程式由電腦印出來的。當時估計，光是看完那 200 多萬條臨時動議就需要接近三年，遑論去處理表決這些臨時動議了。結果就無從修改 37A。

三‧通過創科局的撥款

創科局是政府在 2012 年提出，本來是一個對香港很重要的決定，但卻被反對派在立法會大會和財委會拖延，遲遲未能通過。我作為財委會主席的第一件事，就是要處理創科局的撥款。當時這項目已經在財委會討論了兩年仍未能通過，主要是有人不斷提出以千計上述的 37A 臨時動議，令項目根本無從進入投票程序。我當時決定依照高等法院的判決，行使財委會主席的權力，就是有權為辯論設置時限和終止辯論去進行投票。事實上，這也是一個主席應有的合理權力，否則會議無了期地拖下去，絕對不合理。世界各地的議會也會這樣開會的嗎？於是我為創科局這項目定下每個議員在會議之前兩天，要預先提交臨時動議的守則；結果有人

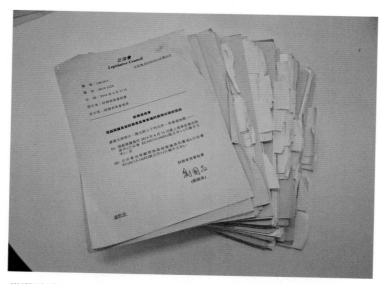

當選財委會主席後，立即日以繼夜，找來吳亮星當日開財委會的逐字記錄，詳細研究，從千頭萬緒中找出問題的癥結、找啟發。我從文件之海裏圈出了約 100 條問題，以貼紙為記。

5-1

立法會
Legislative Council

立法會LS6/15-16號文件

財務委員會

**主席處理委員根據《財務委員會會議程序》第37A段
提交議案的權力**

目的

　　關於財務委員會(下稱"財委會")審議兩項有關成立創新及科技局的議程項目，6名委員根據《財務委員會會議程序》(下稱"《財委會會議程序》")第37A段向主席提交共1 133項議案，其中1 132項由5名委員提交。而就下1項則由1名委員提交。在2015年10月29日，主席就5名委員提交的1 132項議案作出裁決。簡而言之，主席要求有關委員把擬議的議案整合，或從中選取較具代表性的議案提交。主席亦就經合及／或選取的擬議議案數目上限作出建議。

2.　　本文件提供資料，說明主席就委員根據《財委會會議程序》第37A段可提交議案的數量設限的法律基礎。

主持委員會會議的權力

3.　　《財委會會議程序》第13段訂明財委會主席主持委員會會議的權力。法庭在最近一宗案件[1]曾考慮此權力的範圍。在該案件中，原訟法庭參考了終審法院在《梁國雄訴香港特別行政區立法會主席》一案中，就立法會主席根據《基本法》第七十二條第(一)項"主持會議"的權力所作出的判決，並得出結論，認為《財委會會議程序》第13段的"主持會議"("to chair meetings")及《基本法》第七十二條第(一)項中的"主持會議"("to preside over meetings")實際上有相同的含意。終審法院在《梁國雄》案中裁定，"立法會主席有對辯論設定限制和終止辯論的權力，而此權力是源自或附帶於立法會主席獲《基本法》第七十二條第(一)項賦權'主持會議'的權力"[2]而且"法庭不宜就有關權力是否為行使作出裁定"[3]。把終審法院判決應用在財委會的個案中，原訟法庭認為，財委會主席有權行使此權力[4]。由於法庭確納終審會主席有權根據《財委會會議程序》提管財委會會議的過程，包括對辯論設定限制和終止辯論[5]的權力，根據不干預原則(即法庭不應就立法會議程方面的事宜作出裁決，除非《基本法》有條文規定法庭須道樣做)，原訟法庭認為"不宜由法庭決定如何行使此權力"[6]。

4.　　以下摘錄自終審法院，上訴法庭及原訟法庭就《梁國雄》案頒布的判決書中有關立法會主席"主持會議"的權力的部分，可能亦具參考助益：

(a)　終審法院認為"主席須行使'根據《基本法》第七十二條主持會議'的權力'，以確保"立法會事務能有秩序，有效率及公平地處理"[7]。

(b)　上訴法庭認為"立法會主席擁有憲制上的權力和職能，可就會議過程行使適當的權力"，以及"令會議能有秩序、公平及妥善地進行，一定是立法會主席權力範圍內的事"[8]。

(c)　原訟法庭認為"立法會主席在主持會議時，並非只是安全其地位上稱載立法會議員發言，他其實有權控制他的職能和權力。立法會議過程行使適當的規管，以確保立法會事務不會脫離應應以有秩序、公平及妥善的方式進行的常態"[9]。"立法會主席應怎樣行使其權力，以及主席與整體議員的關係(在立法會平衡不同政策的利益)，均屬政治事宜而非法庭的事宜"[10]。

設定限制的權力

5.　　基於上述案例，以及鑒於委員根據《財委會會議程序》第37A段提出議案屬財委會會議過程的一部分，財委會主席應有權規管處理議案的方式，包括如前述為了令會議可以有秩序、有效率及公平地進行，有必要就委員根《財委會會議程序》第37A段提出議案的數目設定限制或施加條件。

立法會秘書處
法律事務部
2015年10月30日

---

[1] 《黃毓民訴吳思萬及謝孕人》，HCAL 78/2014。
[2] [2015] 1 HKC 195。
[3] 同上，第46段。
[4] HCAL 78/2014，第62段。

[5] 同上，第63段。
[6] 同上，第63段。
[7] 《梁國雄訴立法會主席》，CACV 123/2012, [2013] 2 HKC 580，第52段。
[8] 《梁國雄訴香港特別行政區立法會主席》，HCAL 64/2012, [2012] 4 HKC 83，第25及26段。
[9] 同上，第55段。

2

　　2016年10月，財委會正式運作前，高等法院就黃毓民對立法會司法覆核案件，就立法會主席和財委會主席的職權在判詞內作了解說陳述。明確指出立法會主席的權責，例如有終止討論及設置辯論時限的權力。我請法律顧問將法庭判詞重點寫成兩頁文件，分發給全體議員。還印備很多份，當有議員挑戰我時，便拿出文件供參考。

提了近千條，也有幾個人各提了幾百條。我和秘書處先要逐條看一次這些動議，確保他們都符合基本的規程；為此，我們花了很多個小時。之後我決定每名議員按已提出的動議主題，整合為 10 至 20 條在財委會表決，例如該名提 1000 條臨時動議的議員，會先將全部臨時動議退回給他，由他挑選最重要的 10 至 20 條在財委會表決，目的是控制臨時動議總數在合理數目之下。由於表決一個臨時動議需要約 1.5 分鐘，這樣便可以將臨時動議控制在幾小時之內。

然而，解決了上述一事之後還有另一關要過。因為這些臨時動議，在表決前還可以提出，所以開會當日仍然要處理一些即場提出的臨時動議。所以我當日有幾次暫停會議，我諮詢法律顧問及秘書後，每次只能用十多分鐘去決定是否接納這些即場臨時動議。可以想像得到，反對派也不會讓我那麼容易過關；在處理期間不斷對我謾罵和作出挑釁，過程壓力極大、極不容易。最終我在晚上八點多順利通過創科局撥款。會後我被傳媒訪問，他們問我最想做甚麼，我說最想回家「瞓覺」（倒頭大睡）。

其實當日我早上七時便回到立法會做準備，中午一小時休息只吃了幾塊餅乾，因為要和法律顧問和秘書處理很多問題，全日也沒有甚麼休息，卻同時要不斷面對十多位反對派議員的重手攻擊、挑戰和考驗。事雖艱難，但我當日的表現和判斷好像如有神助，可能是因為當日早上開會前，我祈求上天賜我勇氣、智慧和忍耐。隨着撥款通過，香港正式成立創科局，積極發展創科產業。我經常想，如果不是這些「拉

布」拖延，創科局早三年成立，香港這方面就不用這麼落後。創科局的例子只是冰山一角，香港各方面的發展都因為政治上的拖延和對立，浪費了多年光陰，競爭力也大大落後於國內外和東南亞各地。

四·陽光下「剪布」

限制臨時動議 37A 數目是一個很重要的阻止「拉布」的工具，但更有效的工具還得歸功於我首創的，我稱之為「陽光下『剪布』」的規管會議手法。

依照高等法院的判決，財委會主席可以為辯論設置時限和終止辯論，所以當議員討論某個撥款項目去到某一個時間，我就會在會上公佈稍後我就會劃線，即不容許議員繼續無止境地討論下去，即「剪布」，然後進行處理 37A 和表決。我做事從來重視公平公正，所以花了很多時間研究怎樣才能令公眾認同我「剪布」的時機是有道理的，是合理的。為甚麼只關心公眾的看法而不重視反對派的看法，因為我知道無論如何合理，反對派因為立場關係，永遠不會同意我的做法。相反，一般市民沒有利益關係，會比較持平。財委會是直播的，同時由於爭議很多，又充滿火花，所以當時很多市民把它當連續劇來追看。財委會只處理財務撥款，所以應該只詢問財務有關的問題，但因為財委會廣受注意，傳媒都集中報道，是很好的表演場地，議員經常利用財委會批評政府及質詢政府的政策大原則，而這些政策質詢，應該在立法會的事務委員會上進行，而不是在財委會。事實上財委會程

序規定財委會議員，不能問政策問題，只能集中提問財務有關的問題，也規定不能重複問題。但議員已習慣在財委會經常重複問題和問政策問題，主席也一向不會和議員爭論質詢是否完全是政策問題，因為有理說不清，會浪費大量時間，變成幫他們「拉布」。結果，我要求秘書處多做很多工作，要將每次會議，每個議員的發言都記錄整理，做出一個圖表，讓我一眼可以看清會議上每名議員曾提出甚麼問題，用了多少時間，政府如何回應，提問是否重複，總共已討論了多少小時⋯⋯等。當時的提問方法是第一次提問五分鐘，連問連答，第二次四分鐘，接着是三、二、一分鐘。有一些複雜的問題，有人問了十多次。掌握了這些資料，再根據之後還有甚麼撥款申請需要迫切處理，時間性及是否還有重要項目需要盡快討論等，就成為我陽光下「剪布」的基礎。我每次「剪布」前都會向公眾及立法會議員公佈及解釋原因，有理有據，反對派議員也無法不接受。久而久之，「剪布」開始得心應手。有一位資深立法會議員，曾經形容我「剪布」出神入化，就當是鼓勵吧。

我和反對派議員在議會上雖然唇槍舌劍，但私底下還是普通朋友，有些還說我是比較公道的。所以做人做事，合情合理，公公道道，是很重要的，也是一種品牌的建立。建立品牌需要很長時間，破壞卻可能幾分鐘便做到，所以要格外小心。這些「剪布」的日子，直至反對派被 DQ 才完結，前後經歷五年。在 2022 年我要同時擔任行政會議成員，才辭去財委會主席一職。由 2015 年 10 月至 2022 年 7 月，共

擔任財委會主席近七年。當時每次開財委會，會前都要做大量準備工作，卻不以苦，反而撥款通過時，覺得如釋重負，很開心。因為這些撥款以千億計，進入社會，令很多人有工做，香港各種建造及發展也得以展開。回頭看反對派最活躍的五年，是最困難的時候；幸好得到大部份建制派議員在財委會各環節，包括在假期長時間加開會議、會上發言，以及投票等事上積極配合，才能夠讓「剪布」得以進行。

五‧不容易受傷，但不可能沒有受傷

上面談了很多「戰績」，輕描淡寫，彷彿超強的戰鬥力讓我的立法會工作如輕舟一葉。事實哪有如此簡單。第五屆立法會的議事文化很不正常、很不健康。我的「好勇鬥狠」是義不容辭，做得立法會議員就不可以混日子。跟他們鬥，無非是對抗不正常，奮力「復常」，例如在財委會內令該通過的撥款都獲得通過。長期處於不正常、不健康的對抗狀態，正常人不可能不動氣，不可能沒有情緒。我嘴巴再硬也只是個普通人。重要的民生撥款障礙可以逐筆掃清是一回事，我成功反擊是一回事，長期面對罡風戾氣，始終會傷及情緒，因為張力太大。我在不知不覺中有把情緒帶回家。因此，最需要感謝的人是我太太，在那個不正常的階段，我太太和兒子首當其衝成為「受害者」。

那些年，一天戰鬥完畢，好不容易可以下班回家，保護罩就會慢慢卸下來。這時很需要家這個空間讓我釋放、清理、消化積壓的負能量，那是一個處理垃圾的時刻。而太太

是家庭主婦，操持家務的世界未必令她覺察我有內在壓力。
當我帶着一身疲憊回家，甫進門，便是她的嘮叨：洗手、換
鞋；嘮叨這、嘮叨那⋯⋯我便立即火起。這些就是給帶回
家的情緒，其實錯不在太太。

我是潮州人，潮州人本來就特別牛脾氣，愛恨分明，我
正是這種性格。除此之外，童年兩、三歲時父母不在身邊，
我是四歲左右才來香港跟他們一起生活。有心理及教育學家
的研究指出，沒有父母在身邊照顧的小朋友，自我保護能
力特別強，對外來挑戰也會反應猛烈，會強硬反擊來犯者。
而我則是再加上性格使然，特別憎厭被人欺負。當然，凡事
都有兩面性，有些人因為成長階段沒有父母在身邊而變得懦
弱，我則相反，被培養出很硬朗的性格。不過，我雖然硬朗
不屈，尤其不屈於被誣蔑，但我講道理，信奉以理服人。小
時候，有一次我打爛了雜貨店的東西，我沒有逃，也不諉
過，就乖乖地站着讓老闆罵，讓他罵個夠。從表面看來，我
嘴巴厲害、彷彿鐵嘴銅牙，且敢於戰鬥——母親便笑我應
該去做大狀。我自知這只是予人的外在觀感，我知道自己好
辯，是內心不容理屈，也不容自己被人無理欺負。這種性格
用在立法會，尤其是第五屆，便渾然天成地成就了我「敢戰
鬥」的形象。而戰鬥的情緒，既有部份被帶回家，也有部份
未消化，掩埋在內心深處不自知。

那時立法會的會議很頻密，又要跟反對派鬥智，不知不
覺下，內在壓力影響了身體健康，例如反映在血壓上。曾經
試過血壓的上壓升至 200 度而不察覺。事緣，某次美國心臟

學會發佈研究，表示下壓理想度數標準應由 90 度調低至 80度才屬於健康範圍。《明報》有記者來立法會問我對這件事的意見，也順帶量一量我的血壓來做話題。當天的工作相當繁重，跟《明報》進行訪問時已是晚上七時。不量猶自可，一量之下嚇死——我當時血壓的上壓是 200！大家都不相信，我也不相信，請保安拿另一部血壓機再量一次，仍然是200！於是訪問中止，立即飛車去養和醫院。到醫院由護士量度，仍然是 200！下壓是 120。一位心臟科醫生叫我先靜下來，安心地養一養神、靜心坐一會兒。坐了十五分鐘再量度血壓，這次跌至上壓 170、下壓 100 度，但仍算偏高。後來醫生為我換了血壓藥，因為舊的可能已不適用。

事後回想，幸好《明報》約了我採訪血壓問題，否則晚上七時，平平常常地趕工作，又不覺得特別不適，哪會突然走去量血壓呢？！如果不知道已 200 度，繼續埋首趕工，我可能會爆血管。因此，想想也感逃過大難。

此外，又有一次，開完財委會後，帶着怒氣開車回家，幾乎發生車禍⋯⋯。

所以，敢戰鬥的我看似不容易受傷，但長期吸收負能量，哪有可能毫髮無損。只能說，那是立法會工作點滴的印記，我盡了該盡的責任。

六・2019 年黑暴 7 月 1 日衝擊立法會

第三任立法會工作意料之外地磨人。本來以為出任財委會主席已是莫大的挑戰，誰知在 2019 年讓我遇上「黑暴」。

黑暴是香港人對 2019 年中反對修訂《逃犯條例》事件的簡稱。因為反對修例的暴徒以黑色為記，黑衣、黑褲、黑口罩等是暴徒的標記，於是很貼切地簡稱為黑暴。不是外加的顏色標籤。關於此事的詳情就不在這本以我自述為主的小書內詳述了，反正網上關於此事的來龍去脈很多，不難知道事實真相。我的自述只談一些親身經歷、感受和思考。當時最標誌性的事件，是 2019 年 7 月 1 日至 2 日，莊嚴的立法會大樓被佔領一事。

很多人都會細想暴徒為何選擇 7 月 1 日佔領立法會？不少人都認為他們是想在當天製造慘劇。如果當天有人死傷，從此便可以把「七一」這日子污名化，令七一慶回歸反過來成了他們紀念慘劇的哀悼日。假如有人命傷亡，不管死傷的是暴徒還是執法者，在有理說不清之下，可以永遠糾纏下去，令一個開心的日子變成不開心的日子，蒙上一層不必要的陰影。上面這種分析我認為未必沒有道理。立法會被佔據當日，警察被安排於事前全部撤離。暴徒衝入立法會卻沒有碰見警察，據說有些人是憤怒的。他們很失望，可能是沒辦法跟警察對打，甚麼警暴衝突都沒有發生，也沒有機會讓人受傷。當時立法會大樓內是個封閉的空間，別說對打，只要警方在室內施用催淚彈等，也很容易因呼吸問題而出意外。總之，當日執法者的全部撤離，保證了沒有人命傷亡。

綜合多名立法會有關人士的記憶，當日有以下未被人留意的環節。立法會及後清場了，點算損毀情況時，發現立法會內有些滅火裝置，包括防火閘及滅火筒被破壞。暴徒衝入

立法會大樓前關了電源，令到空調系統及抽風系統也停轉。照明也靠後備電支持，光度不足。設想如果當時立法會發生火警，撲救不容易。此外，保安室內的電腦硬盤大部份被整個拆走；光纖線束不算幼細，也被切斷。上述種種破壞，讓人覺得似乎是專業技師所為，不似是一般人亂搞而已。此外還有一件怪異事件。清場時有人發現保安室門一打開便湧出特別濃密的煙霧，原來有些不明液體被倒入垃圾桶內，連廢紙雜物一起燃燒。幸而這房門被關上，因為沒有氧氣，火勢燒不起來。凡此種種令我想起火攻。之前已說過立法會當時是個密封的空間，也停了電，沒有空調，別說警察在場施放催淚彈了，哪怕是突然燒起的一兩處無名小火，其濃煙已足以讓悶閉在室內的任何人因呼吸困難而出事。

知道上述細節，令我覺得台前台後彷彿是兩群人、在進行兩種操作；加起來才是當天的整體情況。有人在鏡頭前衝擊立法會、發表宣言、塗污場地、破壞公物——這些是大家見得到的。然而，原來在大家看不見的另一面，鏡頭沒拍到的地方，另有一群人在專業地搞破壞，由滅火裝置，到切斷光纖、拆電腦硬件……，是不同的兩群人在「忙」。

今天回想，那次暴徒佔領立法會是一次莫大的凶險。幸好整個過程沒有人受傷，受損的只是物件。如果衝擊立法會背後有人策動更大的陰謀，例如謀劃涉及人命死傷的算計，起碼那次不得逞。

至於當時警方因何撤退，有一個很實際的原因——當時立法會場內有人搞佔據，場外則有兩、三萬人搞圍堵。裏

外互相呼應，場面不是當時警力所能控制。如果立法會內發生警暴對打，警方要進入大樓增援也很不容易，因為要先驅散在外面圍堵的兩、三萬人。立法會最終要進行大維修，合共用了幾千萬元。

七・由港島至九龍的「大逃亡」令我更加撐警

以下回頭說 6 月上旬一次「大逃亡」的經歷。2019 年 6 月 9 日香港發生反對修訂《逃犯條例》的大遊行。之後，因為計算過有足夠票數通過修訂，於是希望 6 月 12 日從速進行二讀，以及之後的三讀。當時政府想用兩、三天時間完成條例的修訂工作。於是囑託大家留在立法會大樓內兩至三天，不外出，避開進出立法會要穿過圍堵者的困難。12 日當天，我八時多便到達立法會外圍，但已難以入內，因為立法會大清早便被重重圍困。有八位議員於清晨六、七點便抵達立法會、並成功入內，這幾位便被困在立法會大樓內，出不來。我們一批八時左右到場的二、三十人，不得其門而入之下，被安排迅速而秘密地轉了去某間警署。

暴徒很快便因為沒有立法會議員要進內而心中生疑，他們也不知何故消息靈通，知道我們轉了去某間警署。於是暴徒群眾轉而圍堵該警署。我為何撐警，是當時我在某間警署內看見不少疲憊的警員穿着制服席地而睡。那場景令我由衷地要撐警！感謝他們在香港前所未有的艱難時刻盡忠職守。不久後，因為某間警署已被發現藏了議員，於是又召集我們要撤退。我們被安排上了一架旅遊巴，誰知當旅遊巴要駛離

警署時，旁邊巴士總站有一輛雙層巴士正好向後馳，擋住我們去路。當時心想，難道這輛巴士是有意阻礙我們離開的嗎？說時遲那時快，某些記者——當時有太多真假莫辨的記者——發現了這輛由某間警署駛出的旅遊巴。他們如喪屍般撲上車頭，拿起有閃光燈的照相機不斷拍。車頭車尾都有人在拍照，拍車上的人。這類鏡頭足以讓他們大做文章和炒作。慶幸那輛巴士是「真巴士」，是在有站長指揮下做調頭操作。不多久我們的旅遊巴便順利離開。而那群真真假假的記者沒有採訪車隨行，令我們順利逃離他們的追蹤糾纏。

　　這件事今天回頭看屬於有驚無險，而當時在旅遊巴上閃過的，哪怕一秒、幾秒的對阻路巴士的懷疑，充份反映當時氣氛如何風聲鶴唳，草木皆兵。一閃念本身是當時社會氣氛沒有安全感的寫照。我們的旅遊巴駛離某間警署之後，我以為整車人會回立法會，進行原定的三日兩夜留守二讀及三讀工作。誰知我們是往九龍方向駛去，開往另一間警署。當天稍後，政府的判斷是已很難進入立法會做二讀及三讀工作，於是大家便各自歸家。

　　明白我在黑暴中的心路歷程及感受，就會明白我是打從心底裏撐警！我在黑暴最烈的時候也拍了不少撐警視頻。跟警察並肩作戰的共患難，令我撐警的同時也贏得警察對我的好感。這是一種真誠的互相敬愛。黑暴期間曾經多次走在街上，有不少警員向我點頭示意，也有路旁警車忽然搗低車窗，有警察從車內跟我打招呼，說了聲：「陳議員，多謝你為我們發聲。」其實，該說多謝的是我。這種交流讓我很

感動。

　　在最危險的時候，有一段短時間需要警方護送議員來回立法會，我們曾討論用警車開路、抑或是用便衣警員保護比較好。討論後選擇用警車。因為便衣警員對暴徒沒有警示作用，反而可能引來襲擊，令情況更加凶險。由警車開路接送立法議員上下班這安排結束時，負責為我開路的警察朋友對我表示，保護我他衷心樂意。在黑暴暗黑的日子裏，卻讓我跟警隊建立了光明溫暖的關係，是我很珍貴的大收穫！

八‧為難保安同事是最低手的操作

　　我跟立法會負責保安的同事合作愉快有其遠因和近因。曾經有一位保安同事在黑暴期間於行山運動時過身。那陣子他們的工作最勞累。可惜他的一份保險由於技術原因沒批出賠償。最後在我調解溝通下，保險公司理解了一些細節，以通融賠款方式作了賠償，家人的財政緊張得以紓緩。立法會保安是一個群體，幫了其中一位，其他保安同事可能也知道。

　　香港議事堂文化在 2012 年後一步步轉惡，我特別明白及體諒立法會保安工作比從前艱難多了，很不容易。我跟他們合作愉快，主要是我一直用體諒的態度去看待他們的維安工作。舉例，遇有反對派議員鬧場被主席下令離場時，這些反對派議員慣性地不予合作，結果要勞動保安抬他們出去。由新聞得知，區議會的鬧場事件更頻繁也更激烈，甚至有保安因而受傷。這些反對派議員明明可以自己好好地離場，卻

要表演被打壓。一拖再拖之下，保安被逼「請」他們離場，甚或抬他們離場。於保安而言，這只是出於工作需要，職責所在。然而，有部份反對派議員指控保安悄悄地、蓄意打了他一拳，嚷着自己受到粗暴對待，讓一般市民覺得保安辦事不公正。

又有一次，在議事堂開會的時間上，我負責的財委會緊接着內會召開，這是事前便安排好的會議程序。那時是選內會主席拖了七個月的其中一次會議，內會主席是郭榮鏗。當天內會的預定時間已完結，之後就是我開財委會的時間。然而，郭榮鏗的內會用完了他所屬的時段後，並沒有打算結束會議的姿態。因為已佔用我的會議時段，我當然提出抗議。然而郭榮鏗非但沒有加快速度完成內會，更沒有半點歉意，反而轉過頭來罵我不當，請保安逐我離場。此事完全不合理，我非常不服。可是，面對立法會保安要執行指令，我說：「會議已進入屬於我財委會的時段，對的是我，道理在我這一邊。只是，我不想為難保安，我會自己步出議事堂。」保安們為此十分高興。他們都「懂」，心內明白我不像其他人，用抹黑及為難他們來做政治秀。

此外，對比反對派議員對保安人員的抹黑，我是少數會為保安發聲的議員之一。我多次在立法會發言為秘書處及保安公開說公道話，為他們出一口氣。人心肉做，你對人好，人便對你好，我跟立法會保安關係良好原因在此。平日回立法會，不少保安同事都很親切地跟我打招呼；我們互相尊重，這是我最喜歡的狀態。

九 · 黑暴令香港不安全，但於我則絕不畏縮

前前後後持續了近半年的黑暴高峰期，令我第一次感受香港竟然可以如此無法無天。七一打砸及佔據立法會一事，我即晚製作了一段時評視頻譴責暴徒的惡行。這是我第一次不在立法會辦公室內做視頻拍攝。我用暴徒破壞立法會的新聞片段再加上旁白評述，以表達我對事情的憤怒。

黑暴的無法無天在於夠膽在馬路設路障——這是香港警察才有權做的事！他們另一個無法無天是針對、挑釁，甚至傷害警察及其家人，赤裸裸地挑戰香港的執法權。當時暴徒大剌剌地去警察宿舍把警員坐駕車牌號碼抄下來。設路障的其中一個目的，是截警察及其家人。他們又在路障要求車內人士出示身份證。有報導說，有市民不服他們設下路障，跟他們理論及發生衝突，這些市民被毆打襲擊的片段也被上載至網上霸凌。他們的路障還包括封鎖政府總部大樓，不讓公務員上班。當中有一個小插曲，是一位清潔工婆婆堅持要上班，高聲叫嚷：「阿婆要返工（上班）」。婆婆年事已老，衝撞她理虧和危險的是暴徒他們。萬一婆婆有意外，他們負不起這個責任，於是他們放行婆婆。然而，這只是花邊式的例外，針對一般公務員而言，他們成功恐嚇及阻止公務員入內上班。

上述這種做法令我第一次強烈感到香港的無法無天，沒有安全感。當時各大傳媒天天近乎 24 小時直播各種打砸圍堵，甚至打人的場面，讓一個區域內發生的黑暴，透過電視、手機或電腦觀看登堂入室，令不安全的氣氛充斥整個香

港。當時曾經要到深圳開會，一踏入深圳，我的安全感油然而生。

黑暴結束後有一次去歐洲，當時在下雨，剛好面前有幾把黃傘——在歐洲見到這個場面當然跟黑暴無關。只是，原來自己只要見到黃傘，心內已有某種不安。而某次回港，在機場也會忽然想起那位被暴徒往身上貼紙、羞辱，甚至出手打他的老先生。凡此種種，都令我對香港有一種不安全的感覺，是從前沒有過的感受。

黑暴人士口口聲聲說他們在爭取民主，但他們的所作所為，以及基本品格和氣節，完全談不上正大光明，更跟善良正義不沾邊。他們口中的民主，不是一般正常人能接受的「民主」。

雖然我說香港令我沒有安全感，這是針對一些觀念的轉變而言。落回個人身上，我對黑暴時間的香港固然很茫然，卻沒有畏懼。當時的衝擊已涉及人身安全，我會盡量做好保護自己的準備，但捨此之外，我如常地拍視頻譴責黑暴份子的暴力和暴戾，也公開撐警，反對針對警員的污名化及攻擊。有一次，暴徒威脅說要圍堵我居住的地點。我的第一個反應是——通知電視台。就讓天下人都知道，你們就來吧！結果，甚麼事也沒有發生。黑暴，最終都隨香港國安法之訂立而永遠不可能歷史重演。邪，始終勝不了正！

■ 第 六 章 ■

家庭生活

第一節　夫妻篇

一・成家立室

　　我在職時不斷讀書，一讀便十年八載。期間沒有時間、也沒有心思去想拍拖、結交女性朋友的念頭。刻板、規律的生活日復一日充實地過，不是上班便是上學，恒生銀行與我家便是當時的整個世界。現任太太是我第一位女朋友，也是恒生職員，當時大家都在新蒲崗分行上班。我的生活雖然十分規律，可我不是個死板的人。非但不古板，大家對我的印象是為人幽默，是個說話詼諧的年青人。而我太太、當年的同事，也許是因而看上我。每次我不經意的詼諧話，都得到她正面而帶鼓勵的反應——笑到捧腹。就在不知不覺間，彼此互有好感，拍拖便自自然然地開始。拍拖初期那幾年，我倆都十分低調，既因為那年代對談戀愛的態度不如現在飛揚；也因為彼此同一間分行，怕影響工作，於是自自然然地

低調交往。依恒生的規定，大概也是一般銀行的標準，將來如結婚了，我和她便要分開在不同分行工作。

因為低調，拍拖幾年都沒有人知道。直至有一次在巴士上被人碰見──兩個人並排而坐，又不是上班時間，別人一看便明白。總之，在我那個年代，尤其是一般安份守己地過生活的人，工作、拍拖，一切都順其自然，平淡中有小生活的快樂，沒有電影橋段那種波瀾起伏。拍拖幾年後，大家算是已深入了解，也彼此互相欣賞，「拉埋天窗」結婚組織家庭便自然又應然。在那個相對單純的年代，我的戀愛及結婚故事是廣廈千萬家、普通人家屋簷下的平常故事。

二・彼此眼中對方的優點

多談幾句我的太太。我太太在我眼中有她的美麗，起碼到現在仍在我眼緣下有屬於她的美麗。恒生銀行當年的女職員不少都高佻、大方得體。那時職業選擇沒現在多元，好女子入銀行工作、尤其是大銀行如恒生，是一份不錯的職業，很多校花也入職為恒生職員。很搞笑的，當時不同分行也有「花」，旺角之花、尖沙咀之花、土瓜灣之花。「XX之花」也者，是樣子好看的櫃員同事，特別多人排隊輪候。至於我太太合我眼緣的另一原因，是為人爽朗、愛笑。我覺得做人很不容易，心態開朗很重要，而我太太愛笑就特別合我心意。至於樸素、勤儉、正經、善良……這些就更加理所當然了。以我的為人，一定不會看中大花筒和不正不經的人。

我太太在銀行曾經做代書，就是為不懂文書的客戶填表

寫字。當時有幾位代書一起為客戶服務,她們忙碌地工作,很自然會打開抽屜。我無意間瞥見幾個代書之中,以我太太的抽屜最整潔。這也令我對她加分。因為自少家庭窮困,一切也將將就就,大家忙謀生、忙讀書、忙生活,根本沒有閒暇收拾家居,一切亂七八糟的也就意料之中。也許是這成長背景,太太、這位愛笑代書的整潔、有條理,令我留下好印象。

至於我太太因何看中我,我想,大概是我跟銀行內同輩人相比,顯得更加上進有為吧——也確是如此。那時我一邊工作、一邊讀書,很上進地尋找專業知識上的安全感。

三‧一起走過清貧而簡單的生活階段

認定了彼此是男女朋友關係之後,我們拍了幾年拖。拍拖那時,基於經濟原因,我們一定不會在外吃飯;西餐廳不敢進去,酒樓也很少光顧。如果一起在外要吃點甚麼,去的一定是大排檔。一起看電影的次數也很少。所謂拍拖,只是在公園走走,在任何一處散散步。後來則一起行山。這種淡如清水的拍拖方式她也接受,反映她是個耐得住清貧的人;尤其當年追求她、比我更有錢的人應該不少,而她卻仍然選擇了我。

行山的習慣一直保持至婚後。行山是最省錢的運動,行完了便回家吃飯。當年婚後仍未有小孩時,我們不是因而可以有更多姿多彩的二人世界,因為我下班後便讀書,要完成保險業課程,七、八年工餘苦學期間,很少跟太太消遣。

現在回想，太太當時應該會覺得悶，可是她得體、體貼地從來沒有投訴。我們結婚時，我是辦事員，她是文員，加起來的收入不高。於是第一次置業，供款買下的是個小單位，小到連洗衣機也放不下，衣服全由太太手洗。手洗衣服不但吃力，可能也傷皮膚，太太後來有主婦手。某次她為主婦手看醫生，被醫生罵得很委屈，哭了。醫生罵她有主婦手雙手就不要濕水，太太為之氣結，家庭主婦手不沾水，如何做家務？！

這種安貧樂道的生活，婚後太太跟我捱了七、八年。及後，家庭狀況隨我的升職加薪而撥開雲霧見青天。

四・立法會階段 —— 把壓力帶回家

太太整潔、把家居執拾得有條不紊這一個優點，去到我在立法會承受高強度鬥爭、壓抑鬱悶那階段，不意成為家庭生活的矛盾點。尤其是壓力最大的 2015、2016 年打後的幾年。現在回看，毛巾用完有沒有完全扭乾、吃完東西的果皮碎屑有沒有抹乾淨、房間的東西有沒有亂放……都成了小吵嚷、小爭拗的導火線。我又最怕她執拾我堆疊的文件，她執拾了，我便不能在原來位置找到我想要的東西。而我正好是個下班回家後有時間過家庭生活的那類丈夫，即是我有足夠時間跟太太共處 —— 以及發生小磨擦。如果長期早出晚歸，反而可能連磨擦的機會也沒有。

準時下班是打從在恒生工作時便養成的習慣。那時下班後要做的事太多太多了。單單是十年八載地工餘苦讀，便令

我沒有下班後在家中看電視這種一般人的消閒享受。下班後的我長期要讀書；此外，也要留時間晚上打坐，讓我可以入睡。凡此種種令我培養了上班時便高強度專心工作，清空及完成當日手頭的所有事，不把工作帶回家的習慣。現在回想，也不知道在恒生工作同時讀書那十多年是如何走過來的。這種排得滿滿的生活令我不會有時間陪太太看電影、逛逛商店等等。現在回想，其實很感謝太太的體諒及配合。

下班便回家的習慣我一直維持至做立法會議員。通常六時半、七時前便下班，回家便做另一些事。例如，求助個案某些環節可能要跟進打點；此外，也留時間做運動。總之，我是會留在家中的那類男士，也因為一起的時間多了，反而會多了一點小爭拗。都是些不要緊的、雞毛蒜皮的生活瑣事。這對我來說是另一個階段的學習。

五·需要栽培的婚姻關係

跟太太的各種生活小爭拗，現在回頭看，絕對跟立法會工作壓力有關，上文已提過就不贅言了。總之，我做到了不把立法會工作帶回家，卻沒有做到把激烈鬥爭而來的心煩氣躁也留在辦公室。跟太太的小爭拗，與心內有壓抑，甚至抑鬱有關——這些於 2015 年開始的那時是不自覺的，太太其實間接承受了我在立法會的壓力。

當然，工作之外，彼此的性格需要磨合也是關鍵。平日在立法會的工作我是一個會議接一個會議，有時在會議中間還要兼顧議事堂內的事務，輪到自己發言時便要計準時間衝

入會議廳。這種力求精準的習慣用在家庭上便出問題。舉例，約了人吃飯，說好六時出門，我總是五時四十五分便就位。我會有很多考慮，路上可能塞車、太晚到達可能沒有車位等等；而太太卻左一件小事、右一件小事，拉拉扯扯至過了六時正點也未能出門。彼此的不快，便在這些小事中不斷出現。而且十居其八、九是發生在出門時間的掌握上。焦急下的不快會轉為言語衝突，我又因為「能言」，總把太太氣個半死，於是便不歡而散。

現在可好了，這一兩年，我們彼此都「有進步」——哈，太太說我「馴服」了！我也覺得太太聰明了。我的「馴服」大概跟香港已進入另一個階段有關，立法會工作已不再令我鬱悶。於是，剩下來需要面對的是夫妻相處之道。我分析為何總跟太太有小爭拗？為何彼此看法不一致？我總結出其中一條道理——就是在心急、焦急之下，人就會不理性，包括她和我。互相忍讓十分重要，而且我嘗試從她的成長角度去理解她的行為。我也嘗試，學習攤開來談。以我太太為例，她家中有很多兄弟姐妹，她是長女，自幼便負起照顧弟妹的責任，也包括打點家務，令家中一切不要亂，井井有條。因此，太太對家庭有很緊張的責任感。我開始明白，她與我的生活圈不同。我開始學習明白，在我眼中是雞毛蒜皮小事，在她眼中卻是大事；因為我倆「分管」不同的「世界」。我不能用我的標準，用立法會會內鬥爭的大是大非，來跟她執着的事相比，從而把她重視的事看輕。即使客觀上那些仍然真的只是小事，我也開始從她的角度去理解。如此

一來我的火便收斂了。收斂的原因是我弄明白當中的道理。

太太的處理也愈來愈「聰明」，一有小爭拗，太太便煞停：「不許再說」，然後走回房內。不許再說，便甚麼氣上心頭的惡話也沒得「開展」。而下一次又有小爭拗，便反過來由我煞停：「不許再說」，然後由我走回房內……哈哈，如此一來，大事便化小。煞停、冷靜一下，十分重要。

六‧路會愈來愈好走

關於我太太還有兩個比較貼心、又令家人享受的優點想說說。第一，她的廚藝很好，肯下廚，又能下廚，幾十年來也習慣去市場買備幾天或一週的新鮮食材，以便隨時可以在家中做飯。她一直是個令家人有口福的「有飯」主婦（香港所說的「模範」夫婦，有時是「無飯」夫婦的諧音。指家中女主人不做飯）。太太對中西美食略有研究，調味自有一手風格，拿手菜有煎牛扒、焗羊扒、焗龍蝦、焗雞、煲靚湯等。中菜家常菜不少也做得特別好味道，也經常有驚喜；例如豉汁蒸三文魚、新鮮魚湯配豆腐、青紅蘿蔔等；潮州煎蠔餅也拿手。家裏的菲傭經她多年調教，水準也很好；甚至曾經有朋友派菲傭來我家學習烹飪，回家後讚不絕口。所以一般除了工人假日放假，我們都在家中吃飯，既經濟又健康。菲傭放假回到菲律賓，將在香港所學的烹飪方法帶回家鄉，據說這種港式烹調方法大受菲傭家人歡迎。菲傭在我家工作了近十年，她很享受我家的美食，可能也是她不願離開香港的原因。

太太另一個很貼心的服務，是充當我的理髮專員三十多年。我的髮型就只此一店。太太學剪髮，最初是為兩個兒子，後來也有去老人院做義工為老人家剪髮。隨着兒子長大，他們需要更新潮的髮型，我便成為太太唯一的服務對象。後來更加入了染髮服務，大概每個月也會做剪髮染髮，無需預約，可隨傳隨到。幾十年來我應該因此而節省了不少理髮費用。

說到底，我太太為人善良，這一點最重要。而我，是個下班後會很喜歡回家的人，從來都如此。我想，這已說明一切。

我跟太太的相處有進步，也符合我的人生哲學。我一直相信每個人的人生都會有起有落；只要你不完全放棄，起完之後會落，落完之後會再起，這是常態。我也把這人生哲學套用在與太太的相處之道上，十分有用。過得了低點，就會向上走。

我由拍拖到結婚，過程平常自然。然而，我也跟廣廈千萬家的家庭一樣，結婚之後的漫長歲月，可能才是最有波瀾的一段。成家只是開始，往後的相處才是最大學問。

生活上的小疙瘩、小爭拗可大可小。慶幸我捱得過最艱難的那幾年（立法會 2015 年往後幾年），近年可以用更寬鬆的心態去整理與太太的關係，重中之重是互相諒解。執子之手、與子偕老說易行難，但我有信心未來跟她的夫婦之道，路會愈來愈好走。

第二節　兒子篇

一‧對兒子的管教經歷

　　我的年代父母對子女體罰很常見。母親也對我自少便體罰，而且是嚴打那種。父親是潮州人，也有對兒子動手打的傳統，做法很粗魯。我被母親打得多，是少年時被視為性格反叛，跟父母「包拗頸」（好爭辯，又經常生事）。但於我而言，反駁是因為辯明原則，很應該啊。我自少便愛論辯，心想，如果父母認為他們的做法是對，便應該跟我辯。如果是你們理虧、沒有道理，打我也沒用。於是，我便不斷被體罰，因為我不妥協，桀驁不馴。所以，我有一陣子以為體罰是必然的。那時經常被藤條打，現在回想也覺得這方法很殘忍。打、對另一個人使用暴力，於我一直是不忍心看、很殘忍的一回事。

　　對於我的兒子，即使很憤怒也只是責罵，反而讀書方面我的要求比較嚴格，放學後會安排補習及溫習。

　　比較值得一談的，是我送他去外國做交換生的決定。這做法可能對其他人有用，不妨在此分享。

　　不少香港學生並不適應香港某部份的教育制度，例如被認為是「填鴨式教育」那部份。我希望兒子出國見識外國的教育制度，於是我以交換生計劃送他去美國。由香港一些教育機構主辦；全年費用也只是港元七萬左右。做法是交換生要寄住在一個美國家庭。我兒子被安排跟一對老夫婦同住。誰知道他在美國住在老夫婦家中一年，十分喜歡當地那種鼓

勵式的學習方法，抗拒回到家中。他不太喜歡我這虎爸的管教方式，我是如何知道的呢？主要是因為做交換生那一年的後期發生了一件小事。某次他打電話回香港，哭着說那對老夫婦要他走，但他不想離開。背後是以下這個故事。

接待我兒子的這對老夫婦很喜歡燒烤，每星期也在家中後院燒烤，有時甚至開小拖車去森林燒烤。當然，我同住的兒子也會一起去。我兒子在香港飲食習慣很健康，知道燒烤燒焦了的那部份不宜吃，多吃會致癌。我兒子被逼入「屋」隨俗，但不免會為此而擔心。於是我教兒子上網找一些相關的學術報告給他們看。我兒子真的按我的建議去做。結果——緊要了，原來老夫婦家族真的有人因癌症去世，我兒子給他看的報告觸動了他們的痛處，於是要我兒子離開。在此事上我撐兒子，說他隨時可以回港。誰知我兒子只想解決問題，不想回來。我想他是怕了我這虎爸，有點傷心。

兒子所在的那個鎮，十多年前的當時只有兩個中國人，一個來自台灣，另一個就是我兒子。後來是我打電話給那對老人家，誠懇地解釋是我出的主意，立心是善意的；總之，跟兒子無關。幸好，那對老人家接納了我的歉意及解釋，讓我兒子順利完成交換生計劃。計劃完成後，我邀請了這對老夫婦來港七天，好好地接待了他們，讓他們在香港四處逛逛，也吃吃中餐。那對夫婦很開心，原來他倆從未離開過美國，但曾經二十多次做接待家庭。也許他們對外界的了解，就透過上門的他國人士親身感受。

之後，兒子繼續在美國讀書，最終在美國考入大學，順

利完成學業,成績也不俗。現在他已回港工作。起碼見識過世界有多大,也掌握了不錯的中英文。

說這件事是因為它讓我明白一個管教原則。在香港我這種嚴父、威權虎爸式的管教方式,不會令兒子喜歡讀書。而去了美國後,兒子說,那邊的老師經常稱讚他。他有小小進步,老師便誇他 very good、excellent,讓他很喜歡讀書,而且主動學習。此外,他在學校經常得獎,獎勵不會多,大概是 50 美元左右,不斷得獎令他增加自信。他也在美國發現自己有唱歌天份,是很好的男高音。他參加了學校合唱團,學校派他去參加州(state)際比賽,竟然得到該鎮報章報導,特別指出參加比賽的包括來自中國的學生。我兒子因此很開心。去了美國獨立生活後,我兒子整個人也開朗多了。

此事對我的啟發是,如果家中經濟條件許可,可以用全新的環境去改造子女的性格及習慣。當然,從旁關照着過程必不可少。

關於我的兩個兒子,十分慶幸我們關係很好。即使現在他們都分門自立,彼此已不同住。可是,每個星期我們都一定一起吃飯。兩個兒子跟我和太太關係好,原因很多。其中一個原因是他們在工作中遇到問題,都會找我談。因為父子彼此明白對方的性格,我給出的看法、刺激他們思考的意見,大概都於他們合用。所以,很有趣的,一聽見他們說:「爸,到公園走走?」我便知道他們有事向我討意見。

二 · 對子女教育一些原則性看法

對於子女教育的另一些原則性看法，分述如下。

1. 在子女的反叛期發現缺點，罵是不管用的，要多給子女一點愛——注意：這句重要的話是說給我們父母聽的！因為身為父母，會恨鐵不成鋼。要由罵、轉到用另一種方式對待他們的缺點，甚至轉為接納與多給他們愛，對父母本身也是個大考驗，不是說轉便轉，會有心路歷程，有過程。父母用關心、開放的態度去對待他們，子女會慢慢有回應。讓他們對你不只是怕，這一點十分重要。

2. 如果左撇子，不必逼他改為右手寫字。左右手寫字、拿筷子等是先天的，強行扭曲所謂「改正」，未必是好事。

3. 可以注意對子女關係中朋友成份比例上的調校。我們對朋友不會下命令。如果有建議，會向朋友解釋原因，然後讓他自行去做決定。我們在管教子女時，可以隨着子女年紀的長大，把對他們的朋友成份在比例上一步步加重。舉例，如果他只有一歲，朋友比例是零；十歲時，朋友比例可以是 10%；如此類推，當他們已十八歲時，朋友成份的比例便要超過 90%。因為當時他的性格已成形，你再罵、再高壓管教也沒用，只會產生反效果。於是此時便要如朋友般讓他們知道你心內所想的道理，要從交流中讓他們理解你的想法。

4. 如果在經濟上行有餘力，對子女某一門嗜好的掌握，不要吝嗇金錢，宜找專門教練教授他們學習。有時想想，一些可以當教練的人一定是掌握技術關鍵的人，只要你出一點費用，便可以吸收他多年累積的經驗，何樂而不為。為子女

的嗜好花錢請教練，於我而言是該花、值得花的費用。你的子女會因此而在學習上事半功倍。

5. 假如將來我有孫，我會讓他們自少便習慣捧着書本閱讀。小孩子，尤其是牙牙學語時，絕對不能因為怕他們吵鬧，便塞他們一部手機或電子遊戲機。我一定會帶他們去圖書館，讓他們在一格格書架上挑他喜歡的書來看。而且中英文不拘，甚麼類型也不限，就由他自己在圖書館內自由選擇。文字閱讀的經歷太重要了。閱讀，尤其是用文字和語言去描述及表達一些事，是雙向的。如果只是不斷看電子產品，尤其是打電子遊戲，是光看畫面的單向學習，是會出問題的。我發現很多父母都忽略了讓小孩子讀書的重要性。太多父母已習慣用電子產品去「止哭」。而習慣看書的小孩子，將來中英文都會比較好。中英文好，對小孩的未來百利而無一害。

讀書，是學習與人溝通，學習處理人際關係，十分重要。

下編

一、我的打坐經歷和體會

　　我父親是個經常咳嗽的人，大概是肺弱。也未知是否家族遺傳，小時候我也咳嗽比較多。就在我十六、七歲時，忽然從報章專欄知道靜坐對身體好。於是便嘗試學習靜坐，或稱之為打坐。很簡單，就只是靜下來，坐下來，讓呼吸在平靜之中慢慢變得深、細、柔、長。

　　學習靜坐之初，得益於一些書。我跟書中的指示照着做，持之以恆，又真的覺得對健康有很大幫助，尤其咳嗽確是少了許多。咳嗽好了後，就停了一段時間沒再打坐。

　　直至後來在銀行工作那段日子，曾經長期日間上班、夜晚仍去讀書，想再考 A-level，也要讀保險。所有工作量加起來是莫大的壓力。那時幾乎每晚讀書溫習至十一時許——別忘了日間的工作強度也很大，是耗了大部份精力去上班之後，再來追趕工餘的進修課程。這種生活無疑相當充實，幾乎每分鐘都在學習在長進，而且不是一年半載、也不是三兩年如此，現在回過頭來看，是起碼維持了七、八年的生活狀態，非常考驗人。就在那段時間，晚上該讀的書、該做的事都完成後，以為可以去睡覺了，卻失眠。應該是整個人腦內被塞得太滿吧。由那時開始，我又重拾靜坐。靜坐後情況立即有明顯改善，起碼我可以睡幾個鐘頭，可以

恒生為員工提供的課餘班，舉例：靜
坐班的資料。

回氣。

出於個人親身經驗，我真的認為如果掌握正確方法，又有好師傅，人人都適宜學習靜坐。我知道有些癌症患者也透過靜坐改善身體的狀況，反映靜坐或可幫助人自然修復某些機能。然而，如果至到有重病才去學靜坐，那未免是太遲了。

靜坐是呼吸功，有人視之為氣功的一種。如果將它歸類為氣功，我認為靜坐也是較少出問題的氣功。恒生銀行當年會推介一些文娛班，有一次我從推介中知道了一個靜坐學習班，報名參加了，是在一個佛堂形式的地方上課，導師是葉文意居士。居士導師說，有些人是不適合靜坐的。家中太嘈雜的不適合，因為環境不合。可想而知，如果在家中靜坐入神，卻突然有一下不知名的巨響，整個人自然會嚇一跳，這便很不妙。

第二種不適合學習的是，生怕會見到魑魅魍魎、鬼鬼怪怪的人不宜學。居士導師對魑魅魍魎有她的一套理論，她認為神神鬼鬼根本一直存在，問題是你接收的波段跟它沒接上，你便完全看不見。而當你靜坐到某一階段，假如你的波段闊了，那些波段、乃至波段內的種種，就可能會跟你接得上去。居士導師認為就算接上了那波段也沒有甚麼好怕，那些不過是殘留的影像。她說，如心內害怕，立即默唸南無阿彌陀佛即可。居士導師也提醒我們，有些地方不宜打坐，例如東南亞某些地方，會容易走火入魔。此外，也不宜深夜打坐，因為陰氣太重……。也許，就是因為居士導師上述的

這些說解，之後的一堂，人走了半班。可想而知，子不語怪力亂神，大概大家都不想接上某些波段。很可理解。

　　我也不想把靜坐搞到彷彿很複雜，然而，居士導師教我們，靜坐時只專注於呼吸，心無雜念，不追求甚麼，連追求身體健康的意念也沒有，才能真正放鬆。就簡簡單單地靜坐，純粹修練呼吸。我對靜坐的理解很樸素，就是透過安靜的狀態，調整呼吸，令自己氣血暢順，同時整個人放鬆。

　　確是有些人在打坐期間遇到一些負面的「異像」；可是，於我而言，一直都未發生過負面情況。不但沒有，還有過一次十分正向的感悟。那時，是我靜坐最用功的階段，幾乎每晚也靜坐，一坐便不少於一個鐘。怎樣算是一次成功的靜坐呢？就是你以為靜坐了十分鐘，其實原來已一個鐘。此外，即使當時已是冬天，你也打坐至全身暖和、甚至冒汗，從中反映氣血因靜坐運行得很好。就是在我幾乎天天勤練的階段，我遇到了一次「禪悅」。那一次的感覺是，靜坐中的呼吸已輕柔細長至彷彿呼吸並不存在，呼吸彷彿不是從鼻吸口呼，是全身都在呼吸；整個人的體溫也暖和，心內潛然、浸漸地萌生喜悅。一切不知不覺。那是一種悄悄然的泛起，滿滿地充盈的愉悅，心內油然而生的欣然。那是一種從未有過的、不容易名狀的開心，高境界的快樂。當時腦內的意境、心內看見的，是彷彿盤坐山上，旁邊是繚繞的薄雲……而當我意識到這開心時，一覺便醒，整個人便落回人間。這是幾十年前的一次「禪悅」，之後一直都沒再遇到。

　　意守丹田，調整呼吸這種簡簡單單的靜坐，是我認為應

該大力推廣的健體大道。讓體內增氧，整個人的面色也會平和光亮，紅潤有神。當我有時間多做靜坐時，面色氣色都會相當好，有人甚至會問：你太太有食療的秘方嗎？把你調理得很健康啊！——其實秘方就是簡簡單單的靜坐、打坐。

　　我深信靜坐、打坐可以防癌。人的免疫能力增加，自然可以防病患。生活忙碌的香港人，處處是塵囂，更加適宜嘗試接觸我做的那種簡單靜坐。就簡簡單單，不需要任何法寶；要學的不過是坐的方法，單盤還是雙盤，以及過程中的簡單法則……。總之，是簡單樸素的一種呼吸功。

　　我有很多心願，其中之一就是在退休後推廣靜坐。退休後，讓我也重拾靜坐習慣，自己也養夠了氣，就去推廣。有些人會因為打坐、靜坐而令心思敏銳，我意不在此，只想將增氧式的健康方法讓更多人知道，尤其是平日生活拉得太緊的城市人。人有健康，尤其是整個人的放鬆和平衡，就會有心內快樂。而心內快樂，也會倒過來改善健康。

二、我對紫微斗數的認識

　　談這個題目，我不妨把重要的話先說在前頭——各種風水命理都不能深信不疑。人最強的「命理」是自強不息。我透過紫微斗數認識術數，為何要特別談談這個題目呢？因為身邊及社會上很多人談。現在風水命理成「師」的人不少，在網上大談風水命理。大眾傳播渠道的網絡化，讓更多人可以收看不同種類、不同派別的風水命理之說。因為已成風氣，不妨由我來談談。如果由一個無相關經歷的人來談，說服力不大，而我是紫微斗數找上我的，由我來說一點感受及意見，乃至反思，希望大家有得着。

　　我第一次接觸紫微斗數是約 1989 年尾，恒生助理總經理兼策劃及發展處處長曾慶麟先生向我要時辰八字，為我起命盤。當時也不把它看成是甚麼一回事，便問父母要了自己的出生年月、時辰八字。之後他就為我起了一個命盤。有趣得很，1990 年代的紫微斗數原來已電子化，把個人資料輸入，有關程式便可以生出一個命盤。我對命盤一竅不通，曾先生為我解畫。命盤以十年為大限，他寫上「∨」為好，「✗」為不好。2008 年階段命盤所示是殺破狼局。後來便知道 2008 年剛好就是我決定參選立法會的年份。那十年遇上殺破狼格局通常是變化大，以及會很艱難，但辛苦中有突破。

曾先生怎樣解我便怎樣聽，當時未曾接觸紫微斗數，對他的解說也不太在意。反正我當時是個勤勤懇懇的上班族，工作照做。當時曾先生解說後送了一本紫微斗數的書籍給我，叫我不妨研究一下。

那本紫微斗數書本我往後真的不時翻看。有人認為，紫微斗數也好，風水命理也好，都是用統計學的原理，而統計學的特徵就是大致準確，但也有例外或偏差。所以相同命盤的人，大部份有相似的表現，但也有例外。以我自己為例，按十年劃分，所示的階段性大變動，基本上與我的真實人生頗為吻合，有艱苦的年份，也有好的日子。即是曾先生為我起的命盤，其階段描述偏向靠譜，但微細處深究起來也未必完全準確。因為有趣，且說一些靠譜的例子。命盤反映我天魁、天鉞兩粒貴人星會照，呈坐貴向貴格局，說我會有很多貴人，這些描述也跟我的實際情況很相似。十分感恩生命中常遇到好人、正派而優秀的人；然而，深思起來，這究竟是出於命理，還是出於待人處事態度，而有好人緣？我想，先端正好自己本份，然後人以群分，物以類聚，反過來就是臭味相投、沆瀣一氣，你是怎樣性格的人，就聚甚麼人。所以，配合人的性格脾性綜合推論出來的命理學，在我看來有大數據、統計學的成份。

把書送給我的曾先生大概也窺探到命途是人定抑或天定的關鍵，於是在書內題字，寫道：「紫微世界，別有洞天，勤於工作，方為上策」，四句說話要上下句配合，意思才清楚明白——「勤於工作，方為上策」。縱有更多的天定玄

機，說到底，勤於工作才是上上之策。紫微斗數只是以另一方式呈現我們自己的人生。於大方向而言，人的一生確可能有某些因素是先天天定，改變不了。多行善、努力工作，可能會扭轉一點天定，但也許始終有一個格局框定一些大輪廓，不會變成另一回事。曾先生的題字是點出了先天和後天的互相承轉，兩不偏廢。

我的理解比較豁達，是好格局、壞格局下都有可為，頂多是壞格局事倍功半、好格局事半功倍。

以我的立法會工作經驗為例，對棘手的財委會主席一職是可以選擇不主動接招的。如果我沒有接招，我的立法會工作可以平平安安、平平淡淡，卻也平平無奇。無風無浪可喜，卻也就沒有留下現在足以回味的珍貴經歷，所以自己的主動積極態度仍然重要。

我對這些紫微斗數命盤說的感覺，是回顧回味、從對照中笑看人生的心態。大概回首從前，審視當下，有點難以置信人生路可以走得如此波濤洶湧。我不是含金鎖匙出生的那種人，成長於基層，沒有家底、沒有背景；這樣的一個我，回望來時路、回首大半生，其曲折奇情處令我多少有一點驀然回首的驚喜和欣慰。這也是我不時會拿命盤來看看的原因之一，如果不是當中有天意，我這樣的一個身世平凡的人，難以解釋、難以想像因何可以走到這一步。別說立法會的四任經歷了，就談恒生的經歷，我加入恒生頭六年才升一級，經歷四年地鐵分行站長、每天吃飯盒那種痛苦的日子，再加上多年全力苦讀保險專業，是近十年間完全沒有娛樂，放

曾慶麟先生是令我接觸紫微斗數的人，他送了一本相關書籍給我，並於書內題字：「紫微世界，別有洞天，勤於工作，方為上策」。特別值得注意的是「勤於工作，方為上策」八個字。

假是用來準備考試和參加考試……之後，機會來了。我由M3、M4、M5、M6 地往上升；由高級經理、助理總經理一層一層升上去，十年內事業上連升六級。我相信人生就是如此，有高有低，總會有很多挑戰和逆境，必須信有明天，自強不息，天道酬勤，天助自助，生活中的順逆境都如常過。我是以這種心情來對照自己的生命階段與紫微斗數命盤的關係。紫微斗數於我是事後回顧，為人生曲折找原因；於當時，工作長期處於高強度的打拚狀態，沒多少「閒情」去迷信命理。

以我另一位朋友為例，他也精通紫微斗數。他從命盤看見自己未來十年會運滯。為了逃避及擺脫，他離開香港去了他鄉，意在改變或避開運滯。運既不通，他便自己轉地方去擺脫。誰知他鄉那幾年剛好不及香港，他去了他鄉的那十年，反而是他運滯的十年。結果他重回香港。也有一些懂術數的朋友，以在家中佈局來面對健康問題，結果都是幫助不大。事後回頭看，或有可能太相信佈局，反而沒有認真從醫理及實際保健角度去治病，從而干擾了延醫及治療的專注力。

以下跟大家分享一些感受及思考。

風水命理，有人信、而且深信，年紀輕輕便去批命。批出的「結果」，其實是未發生的人生。可以如何看待這種對自己人生的「預告」呢？如果深信不移，而且依書照做，則這種對風水命理的相信，於己未必有益。舉例，如果二十多歲就去查命盤，批出來的結果是一生格局平平無奇，如此一

來，你是從此躺平嗎？還是做得出無視命盤，繼續自強不息？難的啊。如果太執着，而且是性格被動及軟弱的人，似乎太年輕便去查命盤，未必是好事。說你不好，你可能從此躺平；說你坐貴向貴，可能令你不再努力，如果是很容易被風水命理牽着鼻子走，或者是太執着、太迷信的人，不管是二十八歲抑或八十二歲，我都認為不批命盤為佳，因為你會失去生活的自主性，失去掌握自己命運的積極性，甚至失去尋找自己路向的樂趣。

最後想說，可能要小心風水命理批出來的結果不一定準！

要留意，紫微斗數的命盤，是用 100 餘粒星去推算運程，有吉星、有煞星，有好星、有壞星，有主星、有副星等等。各種星曜也在出現位置之不同而對人有不同優點或缺點，即是某某星之出現要看位置才知道是好事抑或壞事。坦白說，其推論算是有點複雜。現在因為有相關軟件，排出命盤容易，但是可以想象，需要經驗豐富，有多年研究經驗的人，才能比較準確地解讀命盤的意義。這方面，懂皮毛的人，遠遠多於專家，準確性有限是最大風險。而所謂不準確，是風水命理是包含統計學的概念，是大概率下一種人文智慧的總結歸納。凡是大數據的結論，一定會有偏差或例外。大概率再大，哪怕是千份一、萬份一，也有概率以外的例外。加上對出生日期、時辰八字如果有任何一個數據錯了又不自知，例如父母記錯卻堅信記憶中的時辰為真，那出來的結果便不準確；如果仍深信不移，便十分不值得。

　　一句話，風水命理一看無妨，但忌深信不疑。起碼它不是有高附加值的一種遊戲。這樣聊一聊，希望給大家對風水命理帶來正面的啟發。有時心想，風水命理就像看戲煲劇，太早劇透，太早知道劇情大結局，煲劇過程便失去趣味和意義。很理解人會對人生好奇，尤其年青人，但僅記一切其實掌握在自己手上，這是我的「老人言」。堅毅不拔、自強不息，才是最強的命盤。也像曾先生這類精通紫微斗數的人所說，「勤於工作，方為上策」。這位提拔過我的高人，很可惜已於 2017 年逝世。他對我的提點，至今仍心內感激。

三、為何擔任業主委員會的工作，以及物業管理之道

由業委會委員到主席

我住在南區一個中型屋苑，內有約 2700 個單位，住了約一萬人。本來工作繁忙，業主委員會（簡稱「業委會」）的事會關心，但未必參與。關心，是因為這是吾家之所在。家，是我安居的後盾，十分珍惜。大概 2014 年前後，業委會與部份業主發生一些糾紛，有委員邀請我加入，於是我也加入去做委員，參與屋苑管理工作。

做了委員便發現，業委會開會竟然可以由晚上八時開到凌晨一、二時。有好幾次，以十計的居民在會內提反對意見。其中一次人數最高峰達 30 多人，他們滿腹牢騷地批評屋苑管理工作，當中有人激動到指罵業委會成員。我看得出其中一位是核心人物。於是我走過去直接問他們哪一位是「領隊」，結果我跟「領隊」到外面談。因為會議室內人聲鼎沸，且彼此都帶情緒，根本沒機會弄明白事情的關鍵。我向他表明是立法會議員，有何不滿可開心見誠地談。我倆客客氣氣、心平氣和地聊，從中弄明白了幾十人來鬧場的原因何在。他們認為業委會不聽意見，對不是委員的居民不夠

尊重。他舉例，業委會八時便開會，但硬要到十一時才開放予居民發言，這分明是留難，不想聽意見。久而久之，我弄明白非從「頂層」改變不可，於是做了委員一段時間後，心想，不如就由我來競逐主席吧。大家知道後不但支持，是十分歡迎，說求之不得，結果我也順利當選。我接手主席職位後，做了一些改革。

首先，居民發言時段改為是會議的第一個程序。八點開會便先聽居民意見。居民發言時段為 20 分鐘，發言後他們可以留下來旁聽，但不可以加入討論。其次，我也為業委會制訂一些規則，讓程序有規有矩地進行。最初大家不太當那些規則是一回事，後來慢慢習慣了，一切有序地進行。由我主持的第一個會議，八點鐘開會，九時四十五分結束，當時大家竟開心興奮得自發地鼓起掌來。原來委員從未試過這麼早可以回家。之後，會議大部份都在十時前便散會。這個改變最開心的是屋苑管理公司的代表。業委會就算凌晨三點才散會，他們第二天仍需如常上班。他們不是居民，散會後回家需時，這也是他們有份熱烈鼓掌的原因。總之，我以解決問題為宗旨，攤開來談，一切專心直接，效率便出來。我做主席後期，來業委會發表不滿的居民只得一兩個。

業委會後來越做越好，主要是我們努力花心思及時間去解決問題。這情形令我想起香港，乃至我的議會工作，努力為市民解決問題，市民自然支持，來投訴的人自然減少。雖然業委會極力挽留，但我最終做了九年便退下。我認為即使口碑再好，九年時間不短，再做下去予人的觀感不好，會以

為我霸着位置不放手,所以在 2022 年 9 月不再連任。

具爭議的業主立案法團

我在主席任內值得一提的一件事,是曾阻止為屋苑成立業主立案法團。當中的經驗總結我帶入了議會內,為香港屋宇管理相關法例提具體意見。有些事,如非親身、且深刻地經歷,只坐在冷氣間沙盤推演,未必完全理解問題的要害何在。在自己屋苑參與業委會工作,大大地豐富了我作為立法會議員的資歷,讓我在香港屋宇管理上可以提更多貼地、市民受用的建議,讓我更好地服務香港社群。

香港政府鼓勵屋苑成立業主立案法團,目的是希望業主做好大廈管理,特別是單棟式大廈。在香港,當然有很多運作良好的業主立案法團,但每年廉政公署(ICAC)及民政署也收到不少相關投訴,因為在制度上仍有不少漏洞需要堵塞。政府當時規定業主立案法團的法團管委會委員人數按屋苑單位計算,例如建築物單位多於 100 個,委員人數不少於九人;2700 個單位,也只需九名成員便符合要求。以我的屋苑為例,有一萬名住客,約共 2700 戶,如果成立業主立案法團掌控屋苑管理工作,即是九個業主就可以代表 2700 個業主。但在真正運作上,一般會議的法定人數是委員人數的一半便可,即每次開會法定人數是五人,即五人就可以通過議程。於是嚴格來說,甚至不是九個人,如果有人立心不良,五個委員聯群結伙就可以操控屋苑開支。這明顯是個漏洞。宏觀香港,也確是有很多業主立案法團因這原因而出

事。還有，業主立案法團是個可以對既有的屋苑管理公司下命令的法人組織，它掌實權，在權責上高管理公司一級；相對之下，由住戶成立的業委會只是諮詢架構，不是凌駕管理公司的機制，對既有的屋苑管理公司可以提建議，是在彼此權衡輕重的商量下合作及發揮監督作用。而業主立案法團權力大，但法定人數卻太少，這是個風險陷阱。此外，在業主立案法團的規條下，業主的授權書（Proxy）出了不少流弊；而一旦他人獲取某人的授權書，可以做的事範圍太大。因此，現時政府已在檢討授權書（Proxy）的內容及權限。

屋苑該次擬成立業主立案法團的情況如下。政府的大前提是鼓勵大廈及屋苑成立業主立案法團，於是入門門檻不高。根據《物業管理條例》第 344 章規定，只要取得 5% 居民授權，就可以啟動要求成立業主立案法團的程序。第一次申請成立法團，政府會提供方便，召集人可以向政府土地註冊處提出申請，取得所有單位業主的聯絡方法。這方便的原意是讓召集人持有大廈或屋苑內全部戶主的資料，從而進行拉票工作。當時有人取得 5% 業主授權，於是有權組織一次業主大會，在會上為是否成立業主立案法團進行表決。

當時的業主委員會一致反對成立業主立案法團，為了令居民注意這件事，發動他們去投票。我作為主席，除發信給所有業主，講解反對的原因外，亦召開了業主問答大會，成功解答了業主的疑問，也澄清糾正了一些誤解。當時我們有五、六個志同道合的核心委員並肩作戰。為持續令業主明瞭及關注業主立案法團的流弊，我們用漫畫方式（見圖）每次

為了用最精簡易懂的方式向住戶解釋屋苑成立法團的利弊，我們用漫畫來指出要點。

屋苑成立法團的動議被成功否決後，我們對支持者的答謝漫畫。

解釋一個重點，而且盡量言簡意賅，三兩句專攻要點，效果很好。

　　角力過程中，感覺成立業主立案法團的規條可能給予召集人過大的權力。我因為得到業主信任，一些怕麻煩或出於各種原因不會去業主大會投票的業主，都給了我及我的團隊授權書，委託我們代他們投票。而根據成立業主立案法團的相關條例，召集人有權判定我們手上的授權書是否有效。為避免我們的授權書被判定為無效，而失去投票權，我們唯有說服業主親身去投票。

　　我習慣直面問題，為免授權書被否決，我就直接面向業主，讓他們自己去投票。結果是業主對事件的關注度被調動起來，也多了無名英雄加入，跟我們並肩作戰。後來出現了一些對我的匿名抹黑，我一點也不迴避，寫公開信逐點反擊，不讓躲在背後的蛇鼠搞小動作。終於挺到業主大會了，投票當天，現場出現長長的投票人龍！投票結果是 60% 業主反對成立業主立案法團，只有 40% 支持，我們也發出漫畫多謝業主（見圖）。總之，整個過程曲折如電視劇，有很多鬥法細節就不在此細表了。

　　我那多年物業管理經驗——包括做業委會委員，以及後來當主席，是又一次辛苦但有趣的經歷。這些實戰經驗讓我具體地明白了很多事，而且事事也涉及民生。衣食住行，「住」排第三，於香港卻是最不容易解決的一項。多年來寶貴的經驗累積，讓我對物業管理、業主立案法團等明白得更透徹。身體力行最寶貴，所有實踐經歷都強化我的議事實

力；例如，讓我對《物業管理條例》有獨特的關注。

物業管理之道

以下是多年來的一些感想。

第一，一如以往，見到不公義的事，我都會反客為主，積極採取主動。哪怕是一般人認為事務瑣碎微末的業主委員會。事情其實無分大小，該做的、行有餘力的，便去做。

第二，命運要掌握在自己手上。辛辛苦苦建立一個家——那個物業，如果發現有人要破壞它，我會主動取回解決風險、渡過難關的主動權。發現問題，不坐待其他人為我解決，也不把問題掃入地毯底下。

第三，管小區與管一個社會很相似。我深信，人的心是清楚明白的！人心澄明，這道理我一直信奉。以我住的屋苑為例，業主當中不乏高學歷者，你是否擔得起事，他們心裏清楚明白。而你有沒有做實事，有沒有針對問題並想辦法解決，他們都看得見。最終別以為可以蒙混人。這是我做人做事的信念。

第四，以做業委會主席為例，要以身作則，有權而不貪尤為重要。舉例，我做主席時剛好開始流行電動車，由於是比較新的事物，儲電裝置不足夠，屋苑具儲電設施的車位大概是車位中的 6%、7% 而已。於是我們的電動車車位由管理公司抽籤分配。我竟然抽中，而且在前列。我的做法是——立即放棄！因為我身為主席而抽中，還排在中籤者前列，任何人都不會認為抽籤公平，一定想像當中有貓膩。

公平，有時不只是事實問題，還是個觀感問題，要讓人「看着也感到公平」。第二個例子是，有人會主動拉攏「主席」，在某些事的收費上給你打折扣。類似這些我都會一一拒絕。不貪，不光是自己不去貪，要讓人看起來也清楚知道我不貪。瓜田李下的事，自己要很小心。不貪與公正，既要謹守、守好，同時要讓人「看得見」你有守好標準。

第五，不干預管理公司，有權而不亂用。我不亂用，其他委員亂用我也會喝止。

第六，不迴避問題，對症下藥，而且方法要得宜。舉例，我用對症下藥的方式解決管理費問題。屋苑的管理費在我任內面臨要增加收費的考慮。加價是沒有人想要的結果，如果不加費，我就要深入了解問題癥結，從而對症下藥。翻查開支情況，屋苑有多個泳池，跟法例要聘請十多個救生員，泳池每年補貼近千萬，邨巴每年補貼幾百萬。屋苑入住之初，可以直達的交通工具不多。於是邨巴最初有 20 萬人乘搭。後來交通工具多了，邨巴只得幾萬人乘坐。我知道可以節流的是這兩個項目。我的做法是為這兩個事項做民調。用民調問業主：是否願意泳池使用要收費？邨巴是保留，還是縮減班次？

結果，六、七成人贊成優化邨巴。有了這個方向上的共識，就由業委會決定如何減少班次。例如不再是由早上七點，開到晚上七、八點；也不再是星期六及日都有。邨巴後來改為只於平日早上有班次。這改動意外地連路面維修費也省了一大筆；原因是我們的邨巴是 40 人那種大巴，從前因

為開行班次太頻密，令路面不時需要維修。這次優化，為屋苑每年節省幾百萬。

　　至於泳池，民調結果是 51% 贊成泳池收費，但 49% 反對。表面看來支持泳池收費多了兩個百份點，業委會有民調結果支持收費；然而，由於差別太細，最後決定擱置。因為反對的人近半。數字是死的，細節才最真，因此決定將收費建議擱置。做任何決定，我習慣了不是只看紙面結果，要深入至本質。因為理論上欠一票都是輸，多一票都是贏；但只差一票的那種結果，於我而言仍只表示一切不確定。民生問題要照顧大家的意願，泳池收費不涉大是大非，因此更加要以民意的本質為依歸，不是只看紙面數字上的民意。後來調節了泳池的開放時間，減少了少人使用的時段，令運作更環保，也為屋苑每年節省了不少費用。

四、對物業管理的立法會建言

因應親身參與的寶貴經歷，2014 年我在立法會就物業管理事宜有具體建言。附相關文件四份。

文件一

民政事務局局長曾德成先生：

有關成立業主立案法團過程中之流弊

民政事務總署去年發表的《建築物管理條例》檢討委員會中期報告，引起社會熱烈討論。本人一向十分關注大廈管理問題，去年 3 月在立法會亦就「改善物業管理及業主立案法團運作」議案發言，指出現行法例及監察工作均存在不少漏洞，政府必須及早糾正，以堵塞任何詐欺舞弊的機會。

本人亦為貝沙灣業主委員會主席，屋苑近期有業主要求召開業主大會，議決是否成立業主立案法團（下稱法團），過程中引起極大的爭端及困擾。本人親身經歷整個過程，發

現相關的法例及中期報告提出的《委任代表出席業主立案法團大會》指引,在實際操作時竟存有極嚴重的原則性紕漏。

貝沙灣業主錢玉麟教授(業委會成員)及陳敏兒博士日前致函局長,提出多個選舉過程之問題,相信局長會認真處理及回應。本人致函局長,主要想指出,在相關法例及指引中,「委任代表文書(授權書)」有極為嚴重的漏洞,由於大型屋苑中會有大量業主以授權書方式投票,因此授權書制度的漏洞,往往對投票結果有決定性影響。經過總結後,本人認為主要的問題如下:

a)召集人權力過大及集中:現時召集人有權決定所有授權書是否有效,包括反對者之授權書,但即使無向對方解釋為何授權書無效,亦無須負任何刑責。同時,會議地點、發出投票表格、點票人員及投票程序都由召集人安排。有關的安排明顯有利益衝突,召集人同時扮演球員及球證角色,實在令人匪夷所思,政府不能漠視此重大缺點。

b)收集授權書的方式有漏洞:所有授權書須於舉行業主大會前48小時交到召集人手上,但接收的方式容易有爭拗,如只交到召集人之信箱中,如何確認召集人在期限前收到及收齊對方之授權書?若業主發現收不到確認收據,才去作出跟進,往往已過了限期,無法補辦,業主只能親自去投票,失去授權書之原意,而用公司登記的業主更不能即場投票,變相扼殺有關業主之投票權,極不公平。

c)召集人比其他人掌握更多資訊:召集人收集所有授

權書，等如掌握對手之持票情況，召集人有機會作出針對性部署，存在不公平情況。

　　d）召集人之授權書並無核實機制：整個程序中，假如召集人不向民政處要求業主名冊，則無人覆核召集人自己所獲的授權書是否真確及有效，明顯有極大漏洞。

　　《建築物管理條例》檢討委員會中期報告提出《委任代表出席業主立案法團大會》指引，就多項最佳做法提供更明確指引，以助更清楚了解「條例」的規定，但在實際運作中，指引並無法律效力，即使完全不依循指引，亦無任何後果及責任，指引其實形同虛設，對心懷不軌的人士全無阻嚇力，反而令業主誤以為法例已有完善規管，但最後發現結果並非如此，只會大失所望，甚至有被騙之感覺，因此民政事務總署必須痛下決心，對症下藥去修補法例的漏洞。

　　因此本人建議，就授權書之處理方法作出修正：

　　由於授權書是直接影響到投票結果，處理授權書之制度一定要公平、公正，因此不應由有利益衝突的人收集及決定授權書是否有效，建議由無利益之第三者擔任此重要工作，例如民政事務處，民政處可以派人手處理，亦可交由管理公司處理，但全程由民政處監督，例如收集授權書票箱放在民政處，決定授權書是否有效由民政處監督，並提供指引和作最終決定。若民政處擔心人手不足，可規定屋苑須向政府支付費用，或規定大規模屋苑例如有數百戶以上，才有此程序。

　　本人認為，政府必須堵塞相關法例及指引的漏洞，令到

制度公平公正，免除業主因制度不完善而產生大量爭議。屆時，自然能吸引更多業主組織或參與法團工作，管理自己的家園。

陳健波

立法會議員

2014 年 3 月 27 日

副本致：廉政專員 白韞六先生

　　　　民政事務總署署長 陳甘美華女士

文件二

廉政專員白韞六先生：

有關成立業主立案法團過程中之流弊

　　本人除擔任立法會議員外，亦同時為貝沙灣業主委員會主席。貝沙灣已經先後舉行兩次業主大會，商議成立業主立案法團的問題。本人親身經歷整個過程，深切體會到現行法例有極嚴重的漏洞，特別是現時委任代表文書制度（授權書）之處理方法，極容易引起詐騙舞弊的情況，必須盡快堵塞。

　　本人已致函民政事務局曾德成局長，促請政府檢討建築

物管理條例中相關的規定（見附件）。本人同時致函專員，希望公署屬下防止貪污處能夠協助民政事務總署，就堵塞法例中可能引起貪污舞弊的條文，提供建議及協助。

防止貪污處長期為政府及公營機構提供防貪的建議，並找出容易出現貪污行為的職能和系統，所以本人相信該處有足夠經驗及能力，協助政府堵塞漏洞。

如有任何問題，歡迎公署向本人查詢。

陳健波

立法會議員

2014 年 3 月 27 日

附件：致民政事務局局長曾德成先生信

文件三

改善物業管理及業主立案法團運作議案 2013 年 03 月 27 日

陳健波議員：

代理主席

本港人口由 1960、1970 年代開始不斷上升，大量私人大廈亦由當時開始相繼落成。時至今天，當年建成的大廈都

已有四、五十年樓齡，難免出現老化現象，當中更有不少大廈欠缺妥善管理，甚至完全沒有管理。在日久失修的情況下，近年開始不時發生大廈石屎剝落導致途人受傷的意外，令這些失修大廈成為都市的計時炸彈。為了避免炸彈爆發，政府決定大力鼓勵大廈成立業主立案法團（「法團」），承擔大廈的管理及維修工作。

現時全港約有四萬多幢私人大廈，其中約有一萬七千六百多幢大廈共成立了九千六百多個法團，而每年仍有約 250 個新法團成立。法團成立後，大廈的管理工作自然有所改善，但由於法團在大廈管理上擁有很大權力，亦控制了大廈的財政資源，自然容易引起貪污及管理上的糾紛，造成不少流弊。事實上，在政府的推動下，法團只會不斷增加，所產生的流弊亦會越來越多，政府實有必要檢討現行法例，一方面增加對法團的支援，同時亦加強對法團的監管。

政府一方面鼓吹成立法團，但卻一直未能為法團提供足夠協助，而且在鼓勵成立法團的同時，亦無向相關業主充分解釋法團成立後所須承擔的責任和風險。其實，政府亦有作出一些協助法團的工作，包括設立大廈管理聯絡小組、大廈管理糾紛顧問小組，以及推出大廈管理專業顧問服務計劃等，但負責主要相關工作的民政事務總署聯絡主任卻只得120 人，由這 120 人處理四萬多幢私人大廈的管理問題，實際可以提供的協助自然有限。而且，單單處理每年接獲的平均約 1600 宗大廈管理糾紛求助個案，可能已令他們疲於奔命。政府既然大力推動成立法團，定然有責任為法團提供更

全面和更到位的協助，而最簡單有效的方法是大幅增加聯絡主任的人手，直接派遣他們協助各個法團好好處理各項管理問題。

政府在鼓勵成立法團時，一直強調事成後的好處，務求業主願意挺身協助組織，可說是好話說盡。但是，根據地區人士所作反映，當局對於成立法團後所須承擔的責任及風險，以至可能出現的紛爭，往往是輕輕帶過。成立法團對社會而言當然是好事，但對於滿腔熱誠的業主，如在他們未有充分瞭解所涉風險及責任（包括法律責任）的情況下，便鼓勵他們成立法團，則顯然有不公平之處，而近年亦曾出現法團委員因擔心要負上法律責任而決定辭職的個案。我認為政府在鼓勵成立法團的同時，亦應全面解釋所涉及的風險和責任，不應因為擔心會打擊業主的熱誠便避而不談。更重要的是，當局應設法協助業主解決疑難，因為只要做好管理工作，自然可以減低業主所需承擔的風險。政府現正全面檢討《建築物管理條例》，當中有部份問題獲得大家的關注，特別是希望在檢討時能進一步考慮目前對法團運作缺乏有效監管，導致貪腐違法情況叢生的現象，而其中一個主要問題是財政問題。

老實說，法團擁有的財政大權的確極容易引致貪污問題。眾所周知，一般大廈往往有數十萬至數百萬元的常用及備用基金，規模大的屋苑甚至會有過千萬甚至上億元款項，這是業主的共同資產，但對不法之徒來說則是一大塊「肥豬肉」。法團的核心委員如果心術不正，的確有機會可以上下

其手，而廉政公署（「廉署」）在偵查時卻往往有一定難度。民政事務總署會不時與廉署合作，舉辦有關誠信大廈管理及維修的宣傳活動，但宣傳工作的成效始終有限。我認為政府應藉着是次檢討法例的機會，研究加強監管財政開支的情況或增加財政開支的透明度，以減低貪污風險。

　　另一項我認為需要研究的問題是授權書制度。現行法例規定，業主在舉行業主大會時可採用授權書的方式，委任代表出席會議及投票，而政府更備有標準格式的授權書供業主使用。使用授權書的目的是方便業主大會容易達到法定人數，又或可就重要事項順利作出表決。不過，這類授權書亦產生不少流弊，例如取得足夠授權書的人士可在投票中獲勝，但這結果卻未必符合大多數業主的預期，因為作出授權的人可能根本不知道代表他的人會如何投票，又或作出授權的人可能是長者，對法團事務根本一無所知，只是礙於情面而作出授權，於是最終引發重重矛盾，甚至出現操控等情況。所以，我認為應研究改革授權書制度，以加強其透明度，例如把現行全權授權的方式改為列明授權項目，甚至列明投贊成還是反對票，以減低可能引發的糾紛。

我謹此陳辭

文件四

就《建築物管理條例》（第 344 章）檢討諮詢文件提出以下的意見：

《第六章 徵詢意見》6.1 段

（Ⅰ）與大型維修工程有關的圍標和糾紛

法定人數和票數百分比——同意提高法定人數和票數百分比，因為有必要讓更多業主知悉及參與大型維修的商議，然而法定人數及票數百分比亦不能定得太高，否則有關會議將難以舉行或決議難以得到通過。建議法定人數佔業主總人數的百分比提高至 20%，通過決議所需的投票份數佔會議投票份數的百分比 60%。

大型維修工程的定義——同意有關建議，並建議將門檻定為每個單位的業主須為工程支付 5 萬元或以上，或超過法團每年預算總額 25% 的工程。

會議通知——同意有關建議

招標過程——同意有關建議

（Ⅱ）應業主要求召開法團業主大會

——同意有關建議

（Ⅲ）偽造的委任代表文書和不當做法

（a）收集委任代表文書──基本上同意有關建議，但認為應為有關規則定出刑責，例如最高刑罪判監三個月及罰款。參與者雖然皆為義工，但由於大廈管理可能會處理鉅額的經費，部份屋苑甚至以億元計，有極大的貪污誘因，所以有必要從嚴處理，以杜絕任何貪污的機會。不過，上述建議應針對較大型的屋苑，例如超過有 500 個單位的屋苑，對於小型屋苑或單幢樓可考慮豁免，以免為他們帶來困擾。

（b）核實委任代表文書──基本上同意有關建議，但認為應定出刑責，理由如上 。建議應該加入第三方驗證機制，收集得到的委任代表文書，須由第三方（如調解員、核數師或律師）驗證，例如隨機抽取三分一的文書作電話查證，如發現文書有問題，更須將所有文書驗證一次，以杜絕偽造委任代表文書的機會。另外，管委會主席或召集人如宣告委任代表文書作廢，必須要有充足時間通知有關人士，以便有足夠時間作出上訴。同時，所有委任代表文書如符合所需條件，必須獲得接受。

（c）行政措施──同意有關建議

（Ⅳ）成立法團
（a）成立法團所需的總共擁有份數百份比和釐定業主的份數──由於成立法團將對大廈管理有重大影響，所以必須要有足夠業主參與及認同，才能有足夠的代表性，如只有少數例如 20% 的業主同意成立法團，日後法團之認受性肯定受質疑，大項目如大型維修將難以推行。所以，建議成立法

團的門檻維持在總共擁有份數的 30%，並建議取消第 3A 條及第 4 條。

（b）召集人的資格——同意有關建議

（Ⅴ）終止委任公契經理人
——同意降低終止委任公契經理人的門檻，由總共擁有份數的 50% 降至 30%。同時，同意把公契經理人的委任期限於五年。此外，如實施新安排，應同時適用於所有新和現有的項目。

（Ⅵ）公契經理人的酬金
——同意有關建議。

五、我和一個「黃人」的電郵往來，以及對「顏色」的一些想法

　　這是約 2014 至 2015 年的事，那時仍未流行 WhatsApp（一般簡稱 WS）。有一天我收到一個電郵，對我的署名是「XX 陳健波」（XX 是髒話），內容說我助紂為虐，也罵我在立法會抨擊反對派「拉布」。「拉布」是當時香港立法會內，反對派混賬荒唐的操作。反對派鑽議員發言時間的空子，為了攔截他們想否決、而又知道不夠票去否決的事項，出動骯髒招數，輪流以沒意義的發言拖延、浪費時間，令他們反對的議案無法進行表決。此舉令排在後面的、緊要的議案因大塞車也無法議決。我對此深惡痛絕！不管你有甚麼理由，卡死其他緊要的工作，尤其涉及民生的事項，是赤赤裸裸的尸位素餐！也破壞香港的秩序，令香港一事無成。「拉布」，是當時反對派「攬炒」（扭着一塊兒死）的惡劣操作，我當然要抨擊了。

　　對於叫我「XX 陳健波」的來郵，我不斷用電郵回覆他的指責，解釋事情的原委、因何要這樣做。例如，他批評吳亮星「剪布」，我就在電郵內盡力理性解釋。這樣的來回溝

通維持了大約半年。當中發展至三個月左右，他對我的署名
轉為「陳健波」，不再是「XX 陳健波」。心想，這下很不
錯啊，可以開導人我是開心的，哪怕花的時間不少。然而非
常可惜，大概是三個月後的某次，他又叫我「XX 陳健波」，
原因是我「剪布」……我為之氣結！反映之前幾個月一直向
他解釋因何要「剪布」是白費功夫。曾經以為的成功開導只
是起伏，我的解說不足以令他在思想及理解上轉過來。再
又回覆「XX 陳健波」三兩個月後，我決定放棄，把他拉黑
了。因為前後維持了半年，這次親身經驗令我感受很深刻，
也啟發良多。

　　這位是電郵往來，之後手機 WS 流行後我又遇到另一個
例子。這次是一位在工作中認識的女士，已經認識了一段日
子的了，某天，她忽然給我發手機短訊，罵我助紂為虐，沒
有保護香港市民！她的不滿源於以下這件事。

　　2019 年有一位 11 歲的青少年走上街頭參與黑暴活動，
期間在街頭衝突中接受了傳媒簡單採訪。言語間反映這個青
少年十分稚嫩，對反對修例的道理根本答不出來，卻充滿
「感情」地單向發仇警之言。這短視頻在網上熱轉，那位女
士也轉給我。那個 11 歲初中生的「感情」，不幸是一種充
滿邏輯混亂、只看表象、沒有深究事件來龍去脈、也不知道
世情複雜險惡的情緒激動。然而，於當時而言，這種充滿激
情的「學生之言」是黑暴中的「生招牌」（最佳人肉廣告）。
這種彷彿沒有機心的稚子之言，對傳播歪理最具殺傷力。當
時有一種人為氛圍塑造一種謬誤，就是凡「學生及稚子」都

是「單純、天真、真心」，等於「可信」。於是黑暴力量不斷推中學生上「前線」。

這當然不對！而且有問題的不只是未成年的那名青少年，還包括推他們出來、鼓動青少年加入政治抗爭的幕後黑手。我當時很憤慨，對事件表達了看法，我批評了事件中的青少年，也批評他們背後的成年人。而這位女士完全不認同我的看法。她認為如果有兒若此——那對謾罵、詛咒執勤警察的青少年——她會感到自豪。說着說着，甚至說像我這種有錢人，不會知道民間疾苦……如此這般地又跟她來回通訊了好幾個月。過程中一如上述電郵男的反反覆覆，情況在起起伏伏之中就是轉不過來，很多開導看似有點用，卻又最終說了等如沒說。不但如此，跟這位女士來回辨析事理的過程中，發現她一如同類人，在說不過你時會岔開去另一個議題。如此一來，論辯便沒完沒了。

也是嘗試溝通約半年左右，我決定放棄。然而，跟她的接觸有後續一筆。大概是國安法立了一段時間後，某次又通訊了。這一次她說從前我跟她說的都很對；她說自己最應該做的，是管好自己的工作。無論如何，知道她有轉變也為她慶幸，起碼她走得出牛角尖。

我大概算是一個很樂意接觸市民的人，尤其是違法佔中後，乃至黑暴前後。我有一段時間找一些熱心的網民朋友為我組織一些會面。這種小範圍的會面未必在人數的總量上是個大數目，卻給予我親身、一手機會直接接收部份市民對社會的觀感。類似上述的電郵開導之外，我也跟一些被認為是

淺黃或某程度黃的年青人單獨交流，有些年青人因而解開心結，我也從中有得着，就是明白了「他們」的想法。當然，也有不成功的。總之，在群聚、單獨面會、電郵往來等多方接觸下，我有一些觀察。

這個社會通常情況下有約 5% 的人是被遺忘了的，可能是內向、宅男宅女或不擅溝通等等。這些人平日沒有人會理會他們，他們也不理會人。相安無事。然而，電子通訊的不斷發達，乃至後來網絡世界的不斷擴大，令這類人找到了亮一亮身影的空間。不論是傳統媒體網上化、抑或純網媒之流行，令任何人都可以化名留言；網上也多了不少討論區。於是突然間，這群人找到了自己「被看見」的位置和發言權。而「新聞媒體」改稱為「傳播媒體」不是改了兩個字那麼簡單，是新聞界以能「傳播」為尚；於是，一些較出位的網民留言會被放大，只要能引起爭議、刺激點擊，何樂而不為。於是網絡世界令一部份從前是沒有身份的人，在虛擬世界透過鍵盤發意見而找到自己的存在意義。這些人不少於佔中及黑暴時在網上十分活躍，也找到了群體認同，當中甚至有些人由網上走到網外，參與了街頭行動，令自己留下後遺症，甚至因而被捕。

這些人的另一個特點是表態，但樂於表態之同時，又不太熱衷於尋根究柢，不愛花時間去了解事情的來龍去脈。他們當中有些人甚至像信了邪教般，只講相信、不講理性，這類人最不容易走出牛角尖。在網絡世界偏執非常的一類人，深究起來，情況林林總總，真的是甚麼人都有。上述之外，

有些人可能存在某種內心不平衡，乃至在現實生活中活得並不成功或不快樂；此外，有些是想自己讓人注意，從而刷自己的存在感……。總之，大概是個人內在存在某種不平衡，心理質素不太健康等等，令部份人借反對派發洩式的政治運動來自我發洩。為公還是為私（發洩），大概連他們自己也混淆不清。佔中及黑暴的街頭活躍人士當中，便被發現有一兩位是輕度精神病患者。如果是這類人，就特別不容易轉彎了。這種人最容易被畸形的政治氣氛操縱；也可以說，他們是自願耽溺於其中，情況真的一言難盡。他們的「激（偏執）」，深究起來可能已跟政治無關，是複雜的、人的問題。

　　上面是佔中及黑暴階段透過親身體驗而來的一些想法。而當前、2020年中，香港立了國家安全法，社會狀況由亂入治，上述情況及躁動的人心，不管是哪一方，都理應沉斂下來，收起激越，回歸平常生活。健康的社會理應如此。

　　由佔中到黑暴前後的香港是非常時期，是「非」常，不是正常。非常時期面對非常的反對派破壞力量，擔起保護家園的一方有非常之舉也很可理解。然而，如果信任國家立的國家安全法，立法後一切有法可依，違法的事就交法律處理，普通人便應該回歸平常，在平常中踏實地過好自己的生活。如果社會上大部份人都能回歸正常生活，積累起來的力量就會令社會自自然然地撥亂反正……這是按道理的發展。然而，立了國安法之後的香港，又走出一群人，同樣的躁動，同樣的愛好鬥爭和激越。讓我深感，原來一切要看具

體行為，甚麼顏色也一樣。

實話實說，作為愛國愛港者，我們要提防的，是佔中及黑暴期間曾存在的思想和行為，不管被標籤為甚麼顏色，竟然仍然存在；尤其要慎防對立與挑撥。長年參與社會事務，清楚知道簡單二分最容易令人歸邊；歸邊、撥歸光譜兩端的人最容易被操作，這種民眾會被有人心收割。挑撥仇恨這種手段是想將好惡簡易二分，從中拉幫結派，好便進行各種涉及利益的操作。

我視自己為愛國愛港者，也十分珍惜香港這個家園。愛國愛港一方要慎防製造內部矛盾的力量會悄然滋生，畢竟，以顏色標籤人和事是危險的。慎防也慎思之。

六、在港大讀中醫兩年 —— 沒經驗「老中醫」的開心學習小記

　　大概 1999 年間，香港政府決定讓中醫開出的病假紙為有效，很明顯中醫列入保險範圍會是個趨勢。我當時在恒生保險已升為總經理，公司當時有做醫療保險。身為主管，我覺得應該稍為深入了解中醫究竟是甚麼一回事，怎樣運作、有甚麼行業特點……等等。如果對中醫完全沒有概念，便沒有工具知識去判斷賠償申請的真真假假。中醫跟西醫不同，因為歷史關係，西醫的收費模式保險業界已有成熟概念和操作流程。中醫則不同，中醫師開具的是一張張藥方，因人而異的藥方可以是申請賠償的憑證，保險業可以如何閱讀及理解一張藥方，是需要學習的新事物。出於工作考慮，我報讀了港大校外課程的中醫課程，總共讀了兩年，修讀了四個科目，分別是：

　　中醫基礎理論：中醫醫理的核心基礎是人體內各方面的平衡。學習認識體質上的陰陽、虛實、陽亢、陰虛之類的知識，是這一科的重要內容之一。

　　診斷學：學習把脈，望聞問切。這一科易學難精。舉

例，要學會知道有二十多種脈象不難，當前科技進步，電腦也可把脈。中醫之難，不是把脈，是透過把脈及望聞問切幾方面去做判斷，就是所謂的診症斷症。一般而言，要夠老資格、有經驗的中醫才判斷準確。

中藥學：學習認識中藥藥性，各種藥材的藥性等。

方劑學：學習認識一些複方、古方。複方也者，是由多味中藥材組成的藥方，大多是由中醫典籍和經驗累積而成的藥方；主要是透過多種藥材的搭配，從而達致治療效果。方劑學讀的，是一些常用而著名的複方，例如感冒清熱的常用藥方；四物湯，由固定的四味中藥所組成；以及古方。

當中天王保心丹就是一條複方古方。此方專治心悸、忽然驚恐、心陰不足、健忘等，也滋陰養血，補心安神。

我在香港大學讀完四科之後是可以繼續讀下去的，但可能要去內地實習。當時我根本不可能離開香港，於是讀完四科便止步。然而，這四科對我的效用至今仍相當大，可說是獲益良多，終身受用。

以心跳心悸而言，西醫有症，便處理那個症狀，血管塞、心臟有事，通波仔手術便是用來解決心塞的毛病。而中醫則不同，有很多成功案例反映，可以透過服藥令血管重新暢通，不用做手術。而未出現毛病之前的健康調理，更加是中醫強項。中醫從人體的根本入手，整套理論以維持人的陰陽平衡為主。理論上體質平衡了，便建立自己的防禦系統，從而百病不生。以新冠病毒為例，大家共處同一個場所，有些人感染，有些人沒有感染，分別就是人自身的防禦能力有

多弱或多強。中醫的醫理不是去殺菌，是改善提升你的弱點，令它由弱轉強，讓你在重新平衡之下去對抗外來病源。我覺得這一定是更好的理論和健康觀念。

西醫有西醫的強項及好處，它強於局部治療，尤其外科切除。而中醫是從人的整體去建立醫理及醫學知識，中西醫的理論基礎最大分別在此。而針對未發病，但已自感到有小小不舒服的長期調理，中醫一定是更好的選擇。

當年讀中醫課程終身受用，我付出的是時間與精神，學費得到政府教育基金資助，這種對持續進修的鼓勵很正向，我作為市民，衷心覺得很有用。我當時讀書所花的費用，於申請之初被退回，不受理，認為跟我的保險工作無關。於是我把為何要修讀的原因寫清寫楚，解釋是因為防止批出保險時會受騙。在合情合理的詳細解釋下，我最終成功得到資助。而我開心的不止此，修讀這課程大部份是業餘人士，都是日間有正職、晚上再去港大上課。有些是工作需要，有些是純興趣。不少同學是護士。我們當時讀得很開心，大部份人都因喜歡而學，我即使是出於工作需要卻也愈學愈有興趣，因此上課及學習氣氛很好。中醫界以「老中醫」最受歡迎、患者最有信心。我們一群同學都是中年人，彼此互相取笑，說我們是「沒有經驗」的「老中醫」。

七、與杞子的緣份與它的效用

　　中醫課程對我的另一個影響，是令我留意杞子（又稱枸杞子）；當然，還讓我留意到其他有用、不昂貴、容易買到的食療食材。中國有所謂十大中藥材，第一是人蔘，第二已經是杞子。

　　不用讀過中醫的都知道杞子清肝明目，歷史積累下來的成效證明了這一點。而更可喜是 2011 年港大李嘉誠學院為杞子做了科學分析及研究，是第一次有人用西方醫學方法分析杞子的效用。我當時是在《經濟日報》讀到相關的報導及介紹。這份報告的好處是證實了幾件事。

　　第一，應用在動物身上證明有效；

　　第二，證明可以保護眼部和腦部神經；

　　第三，說明每天服用量是 20 至 40 粒。我選擇 20 粒。

　　我會附港大的報告《枸杞子與養生》的連結在文末。大家可以慢慢細讀專家的解說。

　　有人說杞子燥，也可能是對，因為各人體質不同。有些人是寒底，有些人是熱底。確是有人對我說，吃了幾天杞子已喉嚨痛，出暗瘡。對於熱底的人或可加菊花飲用。我認為好東西不宜輕言放棄，如果試過各種平衡配搭也仍然燥就沒辦法，只好停吃。在此提一下，服用某種薄血丸的人未必適

合食用杞子，我在早年拍攝的視頻內有談及，其實我拍了好幾集短視頻介紹杞子的好處及服用方法，相關連結附於文末，給大家參考。2005 年我去慕尼黑再保險公司工作，當時有一位馬來西亞同事跟我談起杞子，原來她也食用多年，而且是每天也沖杞子水喝。我知道杞子是好東西，但從這位同事口中第一次接收「每天飲用」這個概念。

有人吃了杞子會燥，我想，未必完全是杞子的問題，杞子的屬性是味甘、性平，究其原因，很有可能是一如不少中藥材，經人為處理後改變了藥性，淮山便是一例。淮山加硫磺漂白後已不是性平，轉為是性燥。「假杞子」、及經人為不當處理的杞子，確是可能令人食用後會燥熱。杞子有沒有被染色，是有方法識別的。杞子被摘下來時，會殘留從前跟枝梗相連的一個點，這個點乾身之後仍然是白色的，如果是人為染色的杞子便看不見這白點。杞子以寧夏區域、尤其中寧的最好。至於黑杞子不是枸杞子，是不同的兩種植物，功效不同，宜小心分辨自己的需要。

港大李嘉誠學院反映，杞子的元素、提取物用在白兔和老鼠身上，竟然可以保護細胞減少高眼壓的損害，尤其是連對青光眼也有用。青光眼是因為眼壓高，壓死了眼部細胞，細胞死了便沒有了，令眼部視線範圍不斷收窄。急性青光眼即時便察覺，最可怕是慢性青光眼，它會在不知不覺中惡化，令人不為意。很多老人家都有這種眼病。而杞子提取物經實驗證明對視網膜節細胞的神經有保護作用。此外，枸杞子對神經的保護，也可以減低老年痴呆病理和風險因子的

損傷。

　　由於有科學研事證明杞子是寶，令我急不及待要把健康訊息分享開去。只靠朋友口耳相傳不夠，我想更多人、不是我直接認識的人也受惠，於是我在 2017 年開始為杞子拍短視頻。早期拍的一條視頻算是很受歡迎，有幾十萬人看過。點擊不是一開始就有的，最初是幾萬地慢慢上升，到後來，由外國定居的朋友回傳給我，我才知道視頻已傳到很遠。

　　己所不欲勿施於人，反之，於己有益的事，立即就想天下人知道。我中學時已七百多度近視，也早便有飛蚊症，眼壓也高，是眼病的高危人士。我很早便開始食用及飲用杞子水 —— 在此補提一句，杞子果肉要吃，因為杞子最有益的元素，八九成仍然留在杞子果粒內。所以如果只飲杞子水，就浪費了主要的養份。正正是因為長期食用杞子，令我的眼部視力到今天仍慶幸未有出現問題。如果沒有足夠的視力，我根本不能做好議會工作，無從閱讀大量文件，更談不上透過議會工作服務社會。

　　關於杞子的故事未完，我為它找了適合我體質的配搭，又是「自己醫自己」的另一次謹慎嘗試。但必須指出，眼睛很重要，每個人的體質不同，適合我的未必適合其他人，所以我的經歷只能參考，有毛病必須看眼科醫生，並依照醫生指示去做。

　　我眼睛比較弱是在恒生工作時已知道。恒生當時有眼科醫療保障，每年都做眼底檢查，主要是放大瞳孔，檢查眼底神經線是否健康。二十年前的驗查結果已說我眼壓高。正

常眼壓是 20 度以下，23、24 度便有危險，開始要用藥物處理。我的眼睛問題因為有服食杞子算是沒有惡化，可是後來工作量太大，眼壓問題也受影響，至後來，醫生叫我滴降眼壓的眼藥水。我照做，但滴眼藥水令我的眼睛很不舒服，他改開另一款，仍然不舒服。我於是又去翻看那些港大中醫課本、方劑讀物。翻着翻着，發現了「石斛夜光丸」這配方。我一如前文提及般，又試着服食石斛。我把石斛磨成粉狀，把杞子加石斛一併服用，食用兩個月，期間故意不滴眼藥水以對照檢驗結果。結果是眼壓由 20 多降至 18、19。我又再做實驗，只服用杞子，沒加石斛，一段時間後又去檢查，眼壓又略為回升。我如是者，停用石斛、服用石斛間着去試，證明石斛加杞子對我的效果更明顯。我把這結果告訴了浸大。當然，我不贊成大家學習我的方法。我想，有眼壓的原因人人不同，一切因人而異，加石斛可以減我眼壓，應是石斛所主治的，正好是令我眼壓升之所在。

　　我從前的做法是杞子加石斛粉混在一起蒸，一併吃。我後來因為不想吃石斛的纖維，於是把杞子與加水的石斛分開來蒸燉。石斛只飲水，不吃渣。如此這般，又讓我試出配搭杞子減眼壓的個人藥方，現在我的眼壓仍控制在安全度數之內。

　　為何在此特別介紹一下杞子呢？主要是杞子很「親民」，它便宜、容易買到，性質比較平和。這麼好的東西，很想讓更多人知道。健康對人太重要了，我深信如找到適合自己體質的方式去長期服用，對人會有用。我跟杞子是一次

「奇遇」，如果不是因為公司的保險業，我不會去讀中醫；如果不是因為讀中醫，我便未必會及時發現杞子是寶。而更有趣是我馬來西亞的同事，乃至港大的科學研究也證明它是寶；尤其是後者、那份權威的報告，更加確認我 1990 年代便認識及隨後食用杞子是多麼值得謝恩的一回事。我先天不足，後天、年青時已 700 多度近視眼，慶幸遇上杞子，令情況一直沒有惡化，讓近視仍停留在年輕時的度數。

　　對於自己有益，又親身試服了的中醫食療食材，我非常樂意推廣。杞子之外，綠豆也很有用。綠豆的優點在其衣，有中醫師表示每星期食用一次以清熱排毒，效果不錯。此外，也有「生薑每日三片好過蔘」的說法，對於不是燥底，長期手腳冰凍的人有用。五味子也是我偶爾一喝之物，不必吃核，對肝好。西醫也有提煉五味子來保肝護肝。韓國人便很愛五味子。總之，中醫知識開了我眼界，自己受益之餘，也跟大家分享「知識就是力量（中醫版）」的福份。好訊息、健康訊息如同正向的種子，就讓它廣撒、宏揚。

---

https://www.med.hku.hk/f/page/1875/2727/2011_lecture6.pdf
《枸杞子與養生》
https://www.youtube.com/watch?v=kuKD-mfFuz0
波哥保健台 杞子
https://www.facebook.com/watch/?v=638797709843403
【波哥健康台】杞子真係寶
https://www.facebook.com/watch/?v=406577973531864
【波哥生活一分鐘】杞子對更年期女士都係寶？ 兩種茶療保健康

八、開設 FB 專頁、YouTube 頻道的經驗（上）—— 大浪中的體驗

2016 年 FB 開始流行，而立場偏黃的群眾是各種社交平台的大戶。我不喜歡用顏色標籤人，本文仍沿用，只為方便表述，沒有惡意。我認為與時代並進，不應害怕高科技，於是下決心學習不同的網上社交工具（apps）。2016 年 10 月，我開始建立自己的 FB 專頁。試用 FB 是希望跟時代潮流融合並進，而這種融合是工具、技術性的「外在」融合；我同時更加銳意去做的，是「內在」溝通融合。對於「內在」融合，同樣是不害怕、不迴避——我不只一次聘用跟我立場不完全一致的人做社交平台助手。拍攝過程有討論，最終內容由我決定，由他們發貼、拍短片。

我聘用的 S 來自大台新聞部，有些人認為我聘用他，會不會被人誤會我的立場。我不這樣想，如果真想把 FB 用得入形入格，就要起用年青人，或年青人愛用的模式及套路去發表我的見解。玩 FB 無非是想走入他們當中，令一些中間偏微黃，以及只是思想不同的人，因為我走了進去，有機會聽一聽我、我這一邊的人的說法。他們不向外尋找，我就走

進去讓他們看見。如果因為我走進去，讓他們有機會看得見、聽得見另一種聲音，從而改變自己的看法，那應該是一件大好事。於是我開設 FB 專頁，同時聘用思想不同的人去做我社交平台的助手。

我覺得未必不可一試。正正是因為我的圈子全部都是愛國愛港的堅定份子，人們口中的「藍人」，反而需要看看另一邊那些人的想法。S 做起事來也很不錯，當我要拍一些短視頻時，他會跟我爭論，「修正」我的看法，說：「事情不是這樣的！」總之，我有些視頻的看法他會跟我抬槓——是意料之中，因為我與他的政治及社會立場在根本處有一點點的分別。我會因他抬槓而炒了他嗎？我正想知道我發出去的訊息，「他們」、那些跟我不同調的人會怎樣想、怎樣反應？因為有了這個助理，我得以明白不同的人會怎麼看待我視頻內的觀點意見，於是每次跟他一輪辯駁後都會「修正」我的講稿，把它打磨成更有針對性，針對不同人士的盲點集中力量去說清說楚。

我做事習慣從根源入手，例如拍短視頻，目的不只是「我發聲了」，我想回應社會上彼此最根本的分歧。我喜歡中醫學也是這個道理，不是醫表象，也不是外科切除，由望聞問切找根源，然後整體調理，根治隱患。我跟 S 在磨合之初有困難，但後來合作愈來愈暢順。畏難是人之常情，很多人面對困難時很悲觀，我則不然，總是直面之。有趣地，通常我的付出都迎來令事情朝光明方向發展的轉機。跟這位 S 的合作也如是。

　　我的 FB 專頁做了一年後，大概有三千多個追蹤者，已初步滿意，我明白要一步步走。當時立下目標，如果過 5000，便開香檳——以為這是很難達到的目標。最初開立 FB 專頁時，以自己的專業做主打，用保險業知識吸引大家加關注。這做法每條片只能吸引幾百個點擊（view，點看數）。2017 至 2018 年的增加方式是緩緩上升。點擊的高速增長、狂飆式增長，始自黑暴。2019 年我是積極發言的其中一個，黑暴愈猖狂我便愈發敢言、多言。一如以往，我不是發洩、也不煽動，是講清楚道理。當時超過 10 萬、幾十萬點擊的視頻有幾十條。現在回頭看，那是個大是大非、大角力的時代。是整個社交媒體的點擊都被推高，大家情緒熾熱；而我是在這個基數背景下，點擊再拔尖衝高。（大家看看照片，香檳仍在）。

　　上述是早期的情況，當時我未開立 YouTube 頻道。回頭說我 FB 專頁不少視頻有十多萬點擊這事，這點擊數量已算頗高，卻未必是最終的點擊數字，因為不少人的轉貼是把我原視頻下載到他自己的專頁，用這來傳播；也有將短片從 FB 剪輯下來，方便沒有 FB 的人在手機轉傳及觀看。而類似上述的點擊，並不反映在我的 FB 專頁上，收看量也無從統計。我的視頻不長，掌握在兩三分鐘之內，是聚焦重點的拍法，人們很受落。總之，當時人大政協、婦女團體都轉我的視頻，大概主要是它不長，也聚焦重點、不岔開，一擊即中。舉例，黑暴時期有人高談港獨，我視頻用接地氣的方式直擊核心。我說：談港獨？別的不用說，香港人願意去做兵

嗎?「瀦仔強」一個,就去談當兵、談港獨?你喝的水也是國家的,怎「獨」呀?

他們也大談黃色經濟圈,長遠如何實踐?於是我在視頻說:做人為何要活得如此辛苦呢?連吃頓飯、購個物都要分顏色?

黑暴前,我 FB 的「追蹤者」(followers)不算少、也不能說多,大約幾萬人追蹤。黑暴時追蹤者升至七、八萬;個別視頻的點擊由 10 萬至 20 多萬的也有。某次,上片不久便以十萬計地攀升,原來有人把我的視頻貼了去反對派陣地連登,有幾千個嬲嬲,連一些著名黃人也被引了出來批評我⋯⋯這下我可開心了,立即弄了一些貼,逐點反駁他們的謬論及錯誤。所以,我一直認為危就是機。在立法會議事堂上,我於 2015 年前後被逼出反嗆反對派的不平鳴;同期接手燙手山芋財委會主席之位。我是 2015 年前後開始被大眾認識,在芸芸眾議員中被識認出陳健波其人。而 2019 年的黑暴,也是因為我不迴避危險與不平,推高了市民識認我的熱度。不少市民都眼睛雪亮,也公道自在人心。立法會階段是網下的實體人間、2019 年黑暴是網上,兩者都是因為我迎危而上,從而令我轉危為機,並在網上網下都多了不少人認識我。我對這成績心存感激。

剛才提過,FB 一直有七、八萬個追蹤者,後來我開始涉足 YouTube。不管是放在 FB、YouTube,抑或手機,拍這些片有竅門,首先,要精簡;其次,不可超過 3 分鐘,而現在更縮至兩分鐘。要聚焦,標題要吸引。

　　我很高興在社交媒體成功建立屬於自己的小平台，它讓我更加自主獨立。

　　有一次，我在立法會發言，是一篇精心準備的發言稿。我批評反對派不是真民主。誰知第二天發現沒有傳媒報導。於是我跟當時的一個平台聯絡，他們把我的發言直接剪出來上載，結果有 60 萬人點看。此事誘發我深刻思考——原來，有一些會引起共鳴，也是很多人關心的話題及角度，只要傳媒不轉述及報導，便沒有人知道曾經存在。透過參與及實踐，我清楚明白惟有我建立自己的平台，才有機會跳開傳統媒體、不用假手於他們，直接把自己的觀點意見發出去。而可喜的是，原來大家需要、喜歡，而且期待我的發言。

　　黑暴期間，某次我上了當時的港台「自由 phone」節目；我是在家中用電話入線去接受兩位主持訪問，我的訪問完成了，之後就由市民 phone in（打入）發表意見。有傳言這種節目打入去的市民都經過篩選，只要他們察覺你不是支持反對派的，都會選不上做 phone in 入線的市民。誰知在我跟「自由 phone」對質之後，有成功入線的市民說：「我覺得你們這樣不斷『質』陳健波很不對！」而且是連續兩名 phone in 市民都撐我。令那位有偏見的主持很尷尬。我也不浪費，就截了我的及 phone in 市民的回應放到自己專頁上，結果有千多個留言！留言都狠批「自由 phone」主持霸道、觀點不妥當等等。

　　又有一次，某大網媒問我對攬炒 35+ 的意見，我清楚說了自己的看法，但採訪放在他們平台，點擊只是一般。但

當時立下目標，如果過 5000，便開香檳慶祝。誰知。目標不斷達到，於是不斷改寫和提高目標。香檳至今仍未開瓶。

未開瓶的香檳。

我把自己的發言足本貼上 FB，有十多萬點擊。我愈來愈明白掌握自己平台的意義，於是用心經營自己的 FB 平台。

總結建立自己平台的感想：我不再依靠記者採訪，也不敢期待他們會清楚呈現我的意見。我有平台，就直接在自己平台面對公眾。平台是我的，我可以足本發放，言無不盡，發言時也不用遷就媒體，不用左顧右盼。當前（2023 年）我 FB 專業加 YouTube 已很固定地有十多萬「粉絲」（fans，比較鐵的支持者）。我的自主空間已很安全。發言已沒有被埋沒的風險。

另一個更大的啟發是，香港社會愛國而且正直、明白是非的市民不少。只是他們不見於傳媒，大家便不察覺他們的存在。就是因為我建立了自己的平台，把這群人吸引了出來「加關注」及按了「追蹤」選項，讓我「看見」他們的存在。他們的特點是愛講理，愛弄明白是非，是社會上難得的一群。他們來自不同階層，不同學歷，不同年齡，但都聚攏到我的平台上，並在下面留言，申訴、傾訴他們心中的道理。由他們的長篇幅留言反映，他們都有思想、有道理、有看法。而他們在我平台上出現與湧現，令他們彼此有個落腳點，有空便「上去」逛一圈，也像在茶樓見個面、聚一聚、聊一聊般，不再感到自己勢孤力弱，心情也得到健康的安撫。我相信，某些大媒體就算也開一個溝通用的平台，也未必做得出我這效果。我多年累積下來的認受性，令他們信任；加上我長期是立法會議員，他們透過我的工作表現對我認識得較深，因而敢於暢所欲言。建立一個社交平台，對

我、對市民，都是雙贏的局面。

　　由出任立法會財委會主席，至黑暴期間我積極加固我的 FB 平台，非常感謝支持者讓我建立起一群鐵粉。我有好幾十次走在街上會有人上前邀請合照，並表示「我支持你啊！」這種待遇，令我知道某些支持已由線上走到線下的真實世界。邀我合照的市民中下階層也多，我都來者不拒。我去澳門過關時有關員邀我合照，落地澳門走在街上、坐餐廳內也有人邀我合照。為人所識之後，當時有人說我應該開微博。我一直是一種負責任的心態，如果開了，我便會親自經營，例如有時間也定必抽空親自回應 FB 上的留言。你難以想像當中有多辛苦。有一次我試過由早上十一時覆留言至晚上七時。有些也不是要回意見，但我要親自真心表示多謝。做自己真心喜歡的事，辛苦但不會抗拒，是欣然。我的想法是，打開平台迎向市民大眾，他們給我留言，我不應只收、不回報；全單向地坐收點讚及留言，不是我的初衷。作為議員，我只想突破事事要經傳媒之手的隔閡，直接接觸市民大眾。如果開微博，一般都會有以十萬計讀者，我也需要像對待 FB 專頁一樣吧，我哪來那麼多的時間？有人會說：不用回覆的，也沒有人會回覆。也許是吧，但這不是我選擇的做法。考慮到根本沒時間回覆，於是我便打消了在內地社交平台開賬號的念頭。因為我需要的是真實的溝通，也樂見有溝通下的「人氣」。至於虛的、用技術工具催谷的「霧化人氣」，如霧似煙，似真非真，不是我的追求。一如我刻意聘用一些跟我想法不完全一致的助理，「玩」社交媒體是想溝

通、想弄明白一些人和事，由根本處、由觀點意見交流及教育上去聚人，不是為聚而聚，也不是為增人氣而聚。

　　然而，隨着香港社會的轉變，今屆政府合立法會工作性質的轉變，尤其是融入了大灣區的長期目標，如果我能騰出時間，以及解決上述那些疑慮，在適當時候，我也許會開微博，跟更廣大的民眾交流。

　　現在，每條視頻下的留言，我都會盡量回覆。

九、開設 FB 專頁、YouTube 頻道的經驗（下）—— 大浪淘沙，沉澱下來的思考與再出發

　　前文是我在黑暴前後，在社交平台跟香港社會及市民共渡時艱的經歷。是一次豐收的經歷。回首向來蕭瑟處，香港已進入另一個階段，很多事我也必須重新思考。

　　2020 年中香港成功推出國安法，社會的躁動也由高處回落。伴隨的社交平台效應是所有「網上意見領袖」的瀏覽量也大部份下降；不分黃藍，也不分是反對派的、還是反反對派的，總之彼此的點擊也全面下降了。潮起潮落，浪升浪跌，是自然的起起落落。

　　順帶讓大家知道社交媒體的運作細節。黑暴期間我拍了很多視頻，超過十萬點擊的有 50 多條。我的 FB 專頁在躁動潮退了之後、回歸常態的情況下，仍然聚了 8 萬多個「粉」（對我 FB 的專頁按了「點讚」及「追蹤」功能的人）；YouTube 也有 5 萬多訂閱，合共約 15 萬。他們在我的專頁內仍很活躍，一有貼便 Like。我每上載新貼文或視頻，在近 15 萬粉這基數下，一般都有萬多個點擊（view）及上千的點讚。平均而言，每個貼文及視頻有幾千至幾萬個點擊是

堅實的基本盤。問題來了，近 15 萬的基數，為何只得萬多人回饋呢？我估計這近 15 萬個已點讚及按了追蹤功能的支持者，在我發貼或上載視頻後，有網民反映不是 15 萬人也會收到通知。FB 的操作，以我為例，我要向 FB 買「推送」廣告功能才會為我發出較多新貼、新視頻的通知。如果我買FB 廣告推送，點擊可以達到四至五萬。

最近有調查反映，看 FB 的人是以不斷掃手機屏幕來「瞄」，總之是用掃一眼、瞄一瞄的方式去「尋找」、去「碰見」他們想看的題材。他們在搜尋中花費在每條視頻或貼文的平均時間大概是幾十秒。通過實際使用之下的對比，發現網民在 YouTube 的閱讀習慣不同於 FB。YouTube 讀者比較多會預了自己是去看片；選定了，點入去看視頻的時間也會長一些。以我的視頻為例，平均都看了視頻的八成時間。即是選擇點入去看的，基本上會完全看畢整條視頻。YouTube是我後一點才開始發力的社交媒體，瀏覽次數可以由幾千至過十萬，視乎內容。

總而言之，不管是 FB 抑或 YouTube，最保守的估計，都已建立以萬計、乃至以幾萬計的密切關注者。每次說話不用假傳統傳媒之手去發佈，都有幾萬人接收到我的訊息。這成績令我欣喜。而且，是黑暴大浪過後，社會趨向不再天天火爆爭拗之下，人們過正常生活、回歸平常下的成績，可以說是很堅定的基本盤。

我未來應該如何善用這基本盤，值得總結經驗，停下來、想一想。

　　因為明白 FB 及 YouTube 的分別，兩邊網民閱讀習慣之不同。現階段已不是黑暴短兵相接時期，不誇張地說，那時真有點像打仗，是大是大非在大起大落中撕裂對立，那時要快省好，是大家都造勢，於是網民給我一個點讚、哪怕是未細看已點讚都十分珍貴，因為那時打的是大是大非上的簡單認同。而現在就情況不同了，香港國安法已立，社會絕對不該再搞簡單對立、不該再搞表態式的撕裂，這時的社交媒體，我期望是大家聽清楚我說的內容，讓市民大眾也回歸講理性、冷靜地聽道理的狀態。只點讚那種支持，我當然珍惜，但我不會刻意追求這類支持；我想追求的，是大家看完整的內容。因此，我願意在一些我認為重要的視頻買廣告推送，確保更多粉能看到我的視頻。

　　總而言之，當前已不是一個大浪蓋過來，大家一起水漲船高的那段日子。大家回歸正常生活後，便不會再沉迷於只看香港時事及社會題材的內容。大概是 2021 年階段，社交平台降溫，十分正常，也應該如此。如果一個社會的市民長期埋首 FB 及 YouTube 的地區政治炒作，不斷熱衷地去表態，我反而會認為是不健康的反常狀態。我相信及期望香港由亂及治，於是面對由高浪轉低浪的社交媒體點擊率，心態很安然。不過有趣地，轉入 2022 及 2023，我的點擊又慢慢回升——當然，不是黑暴時期的急升，有點像黑暴大浪後，因社交媒體訊息疲勞而離開的人，在過了一陣安靜日子後再次回流。於是當前無分 FB 抑或 YouTube，我那些網上網下以萬計、乃至幾萬計、十萬計的支持者、追蹤者，我應

該如何看待他們？以及我應該如何善用社交平台？成了我思考的焦點。

我發現，當前再回升、再回來的追蹤者，跟黑暴時間的追蹤者有點不一樣。他們當中有我一直以來的忠實支持者，也有不少是新加入的！不管新舊，他們通常都比較愛聽道理。這批追蹤者於我的矜貴之處，是反映他們接受我那一套，就是：不搞煽情煽動，做人做事正正派派，於施政是實實在在地從建設層面去理性討論……接受我這一套的、現在仍支持我的這群人，我十分珍惜！有人跟我說，這種以萬計至幾萬的點擊，以及 FB 上的新貼及視頻會有過千點讚，在建制派內已屬可喜的成績。我也不做用假賬號去衝高點擊的事，回歸常態之下一切就順其自然，衷心感謝支持者對我工作的肯定。

我不想這群人「走散」、化整為零。我仍然堅持盡量親身回應的原因在此。我尤其會回覆誤解政策的人。對粗言穢語即刪，要守好語言清潔的空間。

我跟志同道合的朋友、也是有相同經驗的朋友深刻地討論如何看待當前社交平台的點擊問題。我們有幾點觀察：

1. 跳開個人得失，從大我角度出發，社交平台上時事熱議的溫度下降是社會之福。一個社會要靠發動網上點擊去帶風向，或在網上惡鬥，用網上為網下興風興浪，長期如此，大概有點不健康。因此，針對香港的社會話題而言，整個社交媒體的點擊回落，於香港大環境未必是壞事。

2. 於個人而言，經歷大起大跌，現在回流下的點擊，

才是最值得珍惜的點擊。作為玩了社交媒體多年的我，再花精力去衝的，大概為的不是衝點擊。我會用點滴累積而來的能量推動「質素」，一種有質素地去議事及討論的風氣。如果日後再經營社交平台，心態及目的已不同於幾年前。我想用辛苦建立的支持度及認受性做民眾教育，盡量帶出一種健康理性的議事氣氛。

3. 總結七、八年來玩社交媒體的經驗及觀察，發現點擊、所謂人氣等，與認受性未必是同一回事。一個社會不可能沒有矛盾，因為利益關係不會一致；然而當前的矛盾起碼不是有人堵路打砸，是回歸正常社會狀態下的那種矛盾與角力，是非對錯的討論比從前更加微妙，未必是之前的大開大闔。在這樣的環境下，我那些不追熱炒、不跟風、平實的課題，在沒有廣告推送下，如果仍然有一定量、而且偏高的點擊，我視之為是認受性。同道朋友以下補充我頗為同意，那就是，回歸平常情況下，一些論事理性細緻、思考注重邏輯、態度溫和……等一類視頻和貼文，如果點擊不是偏低，是中規中矩，例如一萬以上、幾萬上下，而且點擊及點讚穩定，反映這群支持者是「認人跟人」，不是「隨話題」而聽而點讚，從中由點擊反映的，就是認受性，其意義比高點擊更加重要。

當前確有一些網媒或網紅在回歸平常的大潮下沉落了，於是刻意吹皺一池春水，用煽動、標題黨等方式衝高點擊。這種衝，是我不取的，也認為沒多大意義，因為不符合我玩FB 及 YouTube 的初衷。一如「曝光率高」，不能直接等同

「積極做實事」。點擊與認受性的分別我仍在思索階段,值得再好好琢磨。

4. 我被識認出來、被信任,是我最珍貴也應該珍重的收穫。舉例,早前跟卞教授就新冠病毒中招後的服藥問題及需注意事項做了一條視頻,沒有炒作對立,也沒有廣告推送,卻有十多萬個點擊,十分欣喜。朝正能量方向聚回來的支持度,就是我珍惜的認受性。

我仍會不斷探索如何善用已玩了多年的社交平台。走到 2023 年的當前,我經營社交平台已沒有包袱,反正一切出於服務社會,旨在帶出正向思維,沒有人或私欲令我要走向偏鋒。當下反思過去幾年在社交平台走過的日子,感覺上已完成了階段性的、自己給自己的任務。在香港最需要人發聲時,我打破傳媒的隔離,直接參與了需要我落場打的輿論戰。現在做或不做,大做抑或專精地做,抑或轉而花時間用另一種形式貢獻社會……,各種可能性都存在,隨心而行,就按需要及精力去分配時間。總之曾經奮力,進退也俯仰無愧。

我不會輕易放棄這累積下來的人氣和認受性,起碼成為行會成員之後,熟悉政府政策的我,可以用自己的平台為政策多加解釋,把政府沒有說清楚的事盡量向市民講清講楚。總之,我不會被點擊牽着鼻子走。一切都可以緩一緩,想一想。

十、審視政策最後一公里

踏入 2023 年，無論是社交媒體的使用，抑或是我議員身份的工作，都面臨重新思考的覺察，主要是我意識到環境已轉變，必須調整方向，以便真正服務市民大眾，尤其我的追蹤者。回歸正常的香港，我發現市民屬於衣食住行層面的各式難題其實不少。過去十四年收過千多個、有實質訴求的求助個案，我都有落手落腳去具體處理，大部份獲得解決。有些未能解決的大多跟大額人壽保險被指錯誤銷售有關，主要是憑證方面出問題，真假難辨之下，很難有實質解決辦法。

最近，我開始構思並初步嘗試以大規模、更有效率的方式做實事。舉例，我試行建立一個「大型社會服務訊息中心」，把香港現有的、各種大小不同的社會服務隊伍、他們的項目，以及機構基礎訊息通通都集合起來，整合成一張齊全的、超級大的名單。名單內的機構、單位或個別義工團隊的長短期服務項目，「大型社會服務訊息中心」都為他們定時更新。有這想法，是有感於不少短期項目的訊息未必及時讓社會大眾知道，它們在辦，市民卻未必知曉。如果有一個大規模收集社會服務資訊的中心，就可以幫忙發佈訊息，甚至為打來向我求助的個案做配對。舉例，如果追蹤者有青光

眼，我立即可以把短期、即時在進行的青光眼驗眼訊息轉給他們，為服務項目及救助者做配對。

　　長期負責社會決策及事務，令我深知在運作中有時就是缺一個把人和事連上去的勾連。無疑現在已是互聯網時代，各種訊息全部上網，一切也公開透明。然而，訊息公開透明，並不表示訊息就可以到達受眾的手上。因為訊息爆炸，市民需要的訊息反而不會被推送，所以那一點點的勾連，最後的臨門一腳非常重要。造成上述遺憾的原因很多，例如受助者是老人家，很少上網，也不熟悉如何善用隨身智能手機。對這類銀髮族，又或者是社會上很少上網的某部份人，訊息網絡化，非但沒有讓他們更加方便，反而是沿途都是障礙。他們有需要時，仍然會選擇最原始的方法──直接打電話求助，例如打來我辦公室求助。如果「大型社會服務訊息中心」成功運轉，我便可以為「服務提供」與「有服務需求的人」做配對。政府推出的政策有些是很好的，也有人需要該種服務，但是有時就是欠一個配對勾連。我姑且名之為「政策的最後一公里」。我想做的，就是走好最後一公里。如果未能成功配對的，我可以籌錢幫助這類人。

　　上文已提及，這個「大型社會服務訊息中心」的構思已不只是想像，我已初步落實去做，但發覺困難極大，唯有逐步去做。一切都在進行中。我找了一位助理專門跟進這項目。建立這大型訊息中心遇到很多困難，但我們會不斷突破。邊做邊改，不斷壯大這訊息中心。

　　此外，我也想過組建義工隊服務人群，方法可以是計分

制，年青一代照顧年長一代，互相照顧。而且服務對象不只是我的粉。有些幫忙可能很簡單，簡單到是換個燈泡，已經可以讓老人家的家居更光亮，大幅提升他們的生活質素。香港現在有很多老齡者去照顧老者的個案，七十歲照顧九十歲的家庭太多太多了。七十歲的照顧者也極需要幫忙。如果政府可以出錢請人照顧九十歲的一天半天，讓七十歲的可以放一天半天假、透透氣，七十歲的已可壓力大減，維持把長者留在家中照顧。政府請人幫助他們的錢，會省回很多老人院的資源。怎樣建立一支可持續發展的義工團隊，很值得研究，我也希望提供服務的義工可以有比較理想的車馬費之類的收入。總之只要肯動腦筋，很多實事可以做。做好服務市民的最後一環。

落手落腳做實事，一直是我最鍾愛的。而有些個案正好用得上我的專業。2023 年北角有一棟大廈發生火警，住客中不少是老人。火警中有人死亡，是一場三級大火。大廈多處要重新維修，包括升降機被水浸壞。大廈中的老人都有經濟困難。大廈業主立案法團雖然有買財產及第三者保險，但依程序，需要先維修，也就是需要先行付款，再拿單據向保險申請實報實銷。當時每一戶要交幾萬元，令大廈的老人家感到很憂慮。結果業主立案法團主席向我求助，我直接跟保險公司聯絡。保險是我專業，我很清楚該如何向保險公司解釋情況。在保險公司明白情況及對我信任之下，願意直接支持相關公司的維修費用，不用住戶先付然後再去申請，令該大廈的老人家都非常開心。「波哥之友」做的就是這類實

事。2023年後的香港，應該轉而專注做實事，做解決問題的事。

有以下一個例子。幾年前，有一個屬於經濟有困難的家庭，男戶主的太太有產後抑鬱。母親也有精神病。一家幾口住在一起。男戶主因為要求分戶，拿了太太及母親都有精神病史的證明文件交房署，希望可以及早分戶。房屋署竟然沒有人接收男戶主的證明文件，也不給出原因，就是不接收。男戶主向我求助，我找同事接觸房署，但房署依然拒收。我立即打電話給房屋署有關負責人，叫他想一想，如果發生家庭慘案，我會出來指證，是因為房署沒有回應男戶主的分戶申請才導致這樣的結果。經我一點，有關負責人懂得害怕了，立即找人跟進，接收醫生信。幾天之後，男戶主告知，房署已接收了他的申請分戶附加文件——太太及母親的精神病紀錄。後來，經正常程序，他們也成功分戶。

另一個案例是一名女子哭着求助，疫情期間，她13歲兒子想從海外回港，但找不到酒店。她已努力打了幾天電話，都說全滿。女子轉而向我的辦事處求助後，我立即找旅遊界朋友幫忙，她的房間問題幾小時內解決。那是海外疫情比香港嚴重的階段，身為父母，那位女子開心到不得了。

針對公家事，出於為市民奔走求解答，我的優勢是可以直接打電話給相關負責人。十多年的議會工作讓他們知道我為人。畢竟，我現在已是四任議員，累積下來的人脈比較廣。另一個原因更加重要，是你幫我、我幫你，山水有相逢。讓我敢於打電話去求助的人，也大多是他們也曾求助於

我，或是我曾直接或間接幫過他們。我直接打電話請他們幫忙是有底線的，就是不可以為我開特例；我的電話只是令他們留意那個案，加關注。當然，我也有些未能解決的個案。在詳加解釋下，投訴人多數表示滿意。

踏入 2023 年，我想盡用自己的能量在未來幾年好好地助人。

別人的認受信任，以及自己努力工作、經營社交平台累積回來的人氣，我想發揮得更好，用來幫有困難的人。我願意做個別的、深入至可以切切實實解決問題的幫忙。受助人由不開心到開心的轉變，是我工作的動力。以上這些是我的私人感受，於公眾而言，我每一次幫忙求助者的過程，也是一次揭露政府或相關人員不足之處的過程。以下面的個案為例，正正因為我的介入，既解決了求助者的困難，也令某項政府措施得以更加完善。

疫情期間，有一位上了年紀的老女士求助，她夫婦倆想回香港。她倆都持綠卡，是美籍港人。當時的入境條件是需要持有 24 小時核酸檢測證明。夫婦二人長居美國，在美國做核酸檢測開具的證明，是用綠卡上的姓名的寫法；例如，陳大文 Chan Tai Man，綠卡上的寫法是大文陳 Tai Man Chan，或者是 Raymond Chan。當時香港官方的要求是核酸檢測的名字，要跟香港入境文件的名字完全相同。這基本要求必須完全符合。名字當中有縮寫也不可以。該對老夫婦長久因此而未能入境。最終要打電話向我求助。我又找了相關部門負責人談此事。負責人深入研究了我向他描述的情況，

發現定出來的規則與現實操作之間存在銜接問題。在地工作人員不敢不依規則辦事，只會拒絕，於是就會出現那對老夫婦的情況。經研究後，政府修訂了文件核對的指引，改為如果名字顯示上有出入，只需證明是同一人即可。於是，因為我的介入，解決了老女士的個案，也同時因修例而令更多人受惠。這種推而廣之的得着，因為我會深究當中的道理，再把道理向有關方面清楚交代，令有關方面明白原來是頂層設計出問題，於是由根本處把偏差修正。

我很希望多做這類工作，就是幫助政府政策落實好最後一公里。

當前的香港已進入人口老齡化階段，而政府卻開始行電子化路線，很多事都上網辦理，訊息也從網上發放。明白電子化非行不可，然而這會令一部份老齡化、不善於上網的人口被疏離。我認為政府可考慮開一條熱線，由幾十至一百人負責，把求助者與解決問題的資源配對起來──一如我的「大型社會服務訊息中心」；也讓一些部門不回應的申訴有正式、容易找到的途徑去申訴。但重點是這熱線不應只是轉介求助者去其他部門；收到申訴後，要有專人真正跟進至最後。現實中的香港有很多長者是寂寞的心，寂寞的心容易受騙，也需要更多支援。

走好最後一公里是內地很常用的比喻。以扶貧項目中為貧困村鋪水管為例，水管只接駁到村口，跟水管入戶，就差那最後的一公里，但已是完全不同效果的政策落實。面對香港政府的政策，一方面，我是立法會議員同時是行政會議

成員，比較熟悉政策內容；另一方面，我長期直接接收市民的求助個案，兩方面加起來，求助個案中求助者面對的困難，正正折射相關範疇的政策落實未到位和不完善，還差那未到位的一公里。接到各式求助個案，我樂意以能解決問題為目標。惟有立下決心，才會鑽到最核心處，徹底弄明白究竟是哪方面出問題。而這把咬緊牙關的勁，大概就是我與其他人的分別。然而，深入總結，我明白跟他們的區別在於我以把問題解決為導向，甚至不惜因此而麻煩相關部門的高層同事，向他們提出意見及詳細講解我的發現。我是善意提意見，他們也信任和熟悉我。我想跟他們一起尋找解決方案，不是向他們轉介個案，也不是轉介了便當是做完了。由於我講合作、不是挑事；追求解答、不是拋波；在合力挖深之下，最終都指向政策及落實上的修訂，從而令更多人受惠，讓政策走好最後一步。

　　相信我做的事，其他人不容易有我鑽到核心處的深刻度，也未必有能力找到解決問題的答案——這樣說完全沒有貶意，必須以例子詳細多說幾句。面對求助個案，我會給受助人選擇。舉例，有一位求助者在街上掉垃圾，被罰1500元；那位老伯不理會罰款通知，結果被法庭加判，多罰1500元。這位老伯於是向議員求助，沒有用，於是就轉而向我求助。他要求我寫信為他向法官求情，說之前的求情不夠力，所以才被重罰。他說他沒錢，願意每月還100元，分期償還。這個案來到我手上，我真的去找了一位退休法官問明白罰款執行方面的細節，是真正去研究當中的道理。結

果，我花了些時間，終於弄明白情況。首先，寫信給法官是沒有用的，原來法官沒有權改變罰款數額，只有權讓他分期償還，而該案的法官早已容許他分期，已做了他權限內可做的。其次，那位老伯可能以為用拿綜援為由，可以免除罰款。我也由貧窮的角度去弄明白法庭的權限，原來法庭確是設有「小錢箱」，是讓沒錢吃飯、身無分文的人動用，令他們可以去吃頓飯或從法庭坐車回家。這位老伯資格不符。其三，這位老伯自以為的、是因為求情信不夠力，令法官沒有免他罰款，這理解不是事實；再強的求情信也改善不了他的情況。總而言之，我讓這位求助老伯正確理解法庭的運作。我不會因為取悅求助者而胡亂將問題推在政府身上。

就我的理解而言，2020 年立了國安法後，接着是立法會及區議會的選舉方式也完善化，我個人認為香港一些超乎自己能力的大問題已由中央撥亂反正。香港當前直接面對的，是各種民生問題，以及民生政策如何落實。值得叩問政府有沒跟蹤、評估政策是否成功「着陸」？是否貼地地令市民受惠？政府的問題是，很多政策「出台了」就當作是「落實了」了，沒有做評估，例如沒有做正規調研檢視究竟有多少人真正受惠？沒有評估，如何改善？這問題政府要重視。

十一、我如何治好久咳，以及注意食物習慣及禁忌

　　我小時候已很容易咳，我父親也多咳，可能是遺傳。後來畢業後出來工作了，仍然很容易咳，而且一咳便一兩個月起碼。成年後的久咳，主要是忙，而且要不斷講電話，傷喉嚨。後來看了專科，原來是喉嚨敏感，不是因為有細菌感染或喉嚨發炎。結果我要吃防敏感藥，防氣管收縮。防敏感也者，是病菌以外的治療，防止身體有過度反應。像我，喉嚨對凍飲有過度反應，卻一直不自知。找到久咳的根源是過敏，立即對症下藥，我第一要戒喝冷水和由冰櫃拿出來的凍食物，有一段時間甚至不可吃橙。

　　我一直有留意身體反應，而從前未看專科醫生時不知道喝冷水是令我久咳的主因，是因為喝了冷水不會立即咳嗽，是在你不以為意的第二天才開始咳，令我從咳嗽當天去找根源，結果忽略了之前一天喝過冷水。聽醫生指示戒凍飲後，我確是很少會再久咳。此事令我知道，有些身體不適不是因為病了，不是因為感染細菌，原來只是因為敏感。印象中久咳在香港也算普遍，而原來可以循敏感的角度去查找根源，別以為自己一直喉嚨發炎。

　　從身體過敏反應的角度去檢視自己的健康，也是學中醫

而來的自己跟自己身體對話的習慣。喉嚨對冷飲敏感我看不出來，但另一些卻察覺得到。經細心留意，發現我對芒果、果仁都敏感。因為冷水一役令我留意延後反應這一點，芒果、果仁也是吃的當天沒事，是第二天之後才發作，也是會咳一兩天。果仁看似是健康食品，但是杏仁有毒素，不能多吃。

另一點生活分享是我一直愛吃水果。在恒生工作階段，即是二十多年前，我可以瘋狂至每月花千多元買水果吃。每次在恒生下班都會經過閣麟街果欄，那裏有很多大型水果攤販。中西區的居民都愛去那兒買新鮮水果。

因為大量買水果，令我跟水果檔老闆娘成為朋友。不過，是不打不相識。哈密瓜是我愛吃的瓜果，十磅、八磅一個，我試過一晚吃掉大半個。有一次我想買哈密瓜，如常挑瓜，誰知觸碰了疊在上面的榴槤。這下可糟糕了，帶刺的榴槤滾落在下面的哈密瓜上，爽脆的哈密瓜給滾刺出一個個小洞洞。老闆娘見狀大吃一驚，開始呱呱叫地罵我亂搞一通，我立即喝止：「別罵，有洞的我全部買走。」老闆娘立即釋然，也從此把我當成是大手筆的水果豪客。彼此十多年後再見仍然像朋友一樣，開心寒暄。

我那時會在吃過晚飯後，一個晚上吃幾種水果；也試過一天吃多磅荔枝！那時工作辛苦，以為多吃水果有益，何止無害。哈哈……我是找藉口；說到底，是那時很喜歡吃水果，失了節制。當時心想，放開肚皮吃的又不是薯片、巧克力，只是沒節制地吃水果而已，不算不健康吧。我那時愛吃

水果多於吃飯，吃飯的目的只是因為飯後可以吃水果。飯後果三、四種鋪開來，就開懷地吃吃吃。誰知這是傷身的，果糖會過多。潮州人的小吃芋泥、糖燴白果，都是很甜的小食。我父親竟然多吃也沒有糖尿病，我可能幸運地遺傳了他的基因，令我當時狂吃水果也沒出事。雖然我未有因此而得糖尿病，卻發現增磅了，胖了、重了。於是才意識到要減水果的量。

　　所以千萬別以為多吃水果有益，榨成果汁的那種攝取方式更加有害。因為纖維沒有了，卻因為甜甜的果汁易入口而攝取過量果糖。而果味汽水就更不可取，根本連真正的水果成份也沒有。食物與 junk food 要懂得分別。

十二、我對「好人有好報，
壞人有惡報」的體會

　　我很年青時、彷彿是自懂事開始，已正面看待「好人有好報，壞人有惡報」這句話。「正面」的意思是，我自己相信，不管其他人是否相信，甚至不管這句話是否「真實」。我認為做人做事就是應該朝那句話意的方向走。隨歲月流逝，人會長大並且投入社會工作，我開始明白現實生活中、社會上，確是未必如那句諺語所言。在真實世界的現實人生，壞人未必有惡報。於是，我怎樣理解我相信的那句諺語呢？

　　那就要看如何理解「報」。也許各人有各人的看法，我則從生活閱歷整理出一套自己的理解。我所理解的「報」，是一個過程，不會以斷崖滑落的方式出現，沒有那麼戲劇化。甚麼是「報」也很難定義。你可以認為好人心安，不會計算；可是，有些壞人做「壞事」也做得很「心安」。所以抽象的心之所安、何謂安？很難有客觀丈量的結果。至於「壞事」也者，是不跟社會道德、不依合理的方法去做事，總之是不擇手段，但求得到想要的結果。以跑步為例，其他人都依規定路線及規矩去跑，他卻不依規矩，甚至偷步，當然會比人更快到達終點。這些就是「壞事」。於是有些人確

是做壞事才心安的，因為他們只有一個目的，就是比別人更快到達終點，把想要的搶到手，得到了，他有他的「安心」。譁眾取寵也是同一個道理，不惜用扭曲事實、誇大其詞、言過其實，甚至說謊去取寵，總會有人信的；而且因為加鹽加醋，信眾輕而易舉便倍於他人。譁眾取寵的效果，經常會比不譁眾的的效果來得更大更快。走正路抑或耍手段，一切就考驗人是否守得住自己的底線。

大部份壞人要做壞事，是不肯花時間慢慢建立，希望在短時間內取得很大的成果。

上天懲罰他們嗎？那就要看你如何理解「上天」和「天理」等等了。我覺得是有上天的，只是祂會積極不干預。上天只提供一個大環境，是好是壞，由各人自己爭取。

好結果與壞結果，很多時需要一段長時間才顯現出來，而且不宜只看一面，是在各方面滲出來的。以好人為例，他本人的「好報」，表面看來可能也不見得怎麼樣。然而，因為他人好，家庭關係好，父慈子孝，兄弟和睦，子女朋友都會對他好一些。累積起來就是一個好的氛圍。而壞人會得到他想要的，表面「報」與收穫都如他所願，可是卻惡名昭彰，總會漸漸地有更多人知道他不可靠。即使早年火速賺得厚利，但中長期不宜看好。早期名聲未轉惡，勢力強大當然順風順水，可是到了某個階段，總會有過不到時間考驗這一刻，一定有他的懲罰浮現出來。所以惡報也不是上天特別要懲罰他，是自然定律，上得山多終遇虎，惡人自有惡人磨，往後不擇手段的路必然會走得沒那麼順——這是我按自然

規律總結的道理。因此善有善報、惡有惡報，應該也只不過是古人累積下來的規律總結。……

　　說着說着，我彷彿跌入了按可見、可知的「結果論」來理解那句古諺；又走入了「善，必有善報」「惡，必有惡報」的「結果論」來理解「善有善報、惡有惡報」。然而，一如我上文所言，世界沒有那樣簡單，因此關鍵仍然是要深刻地理解「報」。「善有善報」「惡有惡報」中的「報」彷彿人人都明白，卻未必盡然。「報」的理解上面已略談，再深入地挖掘「報」的意義，要看我們的心理預期。對惡人的「報」，是不是預期要見到他潦倒街頭才算是「報」了呢？我想，上天的「報」不是如法庭判其罰多少錢、收監多少年那樣明碼實價。報應會是多方多面的，甚至是抽象的。未必需要期望是清楚可見、直接的「報」。尤其未必會出現大眾以為和想像中的懲罰。於客觀及主觀上，不宜把「報」從淺顯的層次去理解。

　　再進一步說，上述各種對「報」的假設，始終是離不開要有「報」才去相信「善有善報、惡有惡報」，這本身仍然是被困圍於「結果論」的點子上。說得更坦白、更真切些吧，會去宣揚「善有善報、惡有惡報」的人，其實只是渡己渡人，語重心長，未必相信世界光明而且果報公允。那句諺語，長大了會視之為是意志的砥礪。以我為例，文章開首時已說過，我是年紀很少時已深信善有善報、惡有惡報，彷彿是天生的。進入成年人階段、出來工作，甚至在社會打滾後，至今仍信仰善有善報、惡有惡報，這是自己更深

層的心態——此時，我已不認為世界光明而公平；相反，人愈大愈明白世界黑暗、小人橫行，不公不義的事隨處可見……。然而也是出於對人生更深刻的認知，更加覺得這句諺語有用，是自救、用來打救自己不要沉淪的勉勵。這句諺語用來對內不對外，讓自己有勇氣在逆境中發不平鳴。

　　這個世界混得成功的壞人因何為數不少呢？我也有一番思想和人生經驗下的體會。壞人在世界上不少，因為他們不按規矩做事不但止，還偷步、出陰招，於是他們取得的成果一定比好人快且多。這種陰暗面在壞人佔優之下會累積、可持續；可持續也者，因其快省好地搶到想要的，一定更加容易吸引從眾。壞人壞事通常屬於力量壯大的那一邊。因此每一代人出生時所面對的世界，是累積了他出生前已存在的陰暗面和負能量的世界。因此「善有善報、惡有惡報」是警世之言，警惕人心之語，旨在導人向上望，讓人不要墮落。人也要明白世界艱難，不要自感是好人，便以為應份地享受光明和好運，因為這不符合世界的客觀現實。

　　至於「好人有好報」之中的「好人」，只是個概念；客觀上人的資質及能力各不相同，「好人」這概念還要疊加在個人因素上去考慮。好人不代表因其「好」，因其守規矩、跟道德標準辦事而可以躺平等待「好報」。自感是好人的人，要更加上進、更加奮發、更加對不公義的壞事發聲、更加要有創新精神，更加……，因為大環境不利於你。好人一定是少數。好人走每一步更加要自己爭取，更加要持之以恆。好人，不是坐着等上天給你公平、掉一個果報給你；好

人之得到公平，要自己爭取。此外，就是因為世界本來就不公、有強大的陰暗面，好人自己奮發之外，還要傳揚好人的積極性，讓一傳十、十傳百，令更多好人也積極做好事，從而抗衡壞人壞事壯大的力量。

　　結論是，我相信好人有好報。不過，這並不等如好人就不生病，好人就不會受傷⋯⋯，這種思維不正確。我一直認為上天行的是積極不干預政策，好人如果自己犯險也會有危險。如果好人便百毒不侵，那這個世界不就很簡單了？！好人有好報，就像心靈的北斗星，在人生不斷遇到的逆境中，高掛天空，讓人繼續堅持選擇正確的路，充滿希望地砥礪前行。也許這就是「好人有好報」信念的真正意義。

十三、我對宗教的看法

　　我中學就讀於伍華中學，是天主教學校，因為校內有教堂，每星期也去教堂做崇拜。多年來也沒受洗，也不知道是甚麼原因。可能是自己愚蒙，總之就是沒有決定信仰。

　　不管是甚麼宗教，不少人沒有決志是因為有解不開的疑惑。舉例，如果相信天地間真有神的存在，為何人間仍有大小浩劫？為何戰火在地球從未停息？至於我，從前令我沒有宗教信仰的一些疑問，隨着成長成熟，反而有些疑問想通了。是自問自解的答案，或沒有普遍性，卻在我的三觀內形成一套相互解得通的觀念。我視之為有趣、有點意思的思考，跟大家分享。

　　當你飛上太空，從更浩渺的星群、星系去回望地球，你會發覺地球在宇宙的存在十分美妙。這種奧妙的存在，令我相信可能存在「造物者」。當你知道地球的傾側度是那麼的剛剛好，又有太陽、月亮為地球分晝夜，也令地球有潮汐漲退，萬有引力令水由上向下流、惠及要用水的人類；總之，地球存在的獨特性難以複製。它是多種複雜條件結合下才存在的一個星體，讓人宜居。而地球與人類進化史以億年計，各種讓人生存的條件不是短暫存在，是恆常至萬年、至億年地存在，也因此才有穩定性進化出人類……。凡此種種，

抽離地遠觀身處的環境——地球，不能不承認是一個很奇妙的存在。因其奇妙至難以解釋，從這一方面看，我確是認為有神和造物主。

談到造物主，我也從人生閱歷上歸納出一些看法。如果天地間有神、有造物主，祂是一個積極不干預的神。祂設定了一些規律、規則，如果跟規矩做事及生存就會生出好結果，如果違反規律便會出問題。甚麼是規律、規則呢？物理上的實例，是你只要精準計算地心吸力的反作用，便可以飛上天。這些都是可計算的規律、規則，算準了便可以如何如何。而作為人的生存，道德上的規律、規則——泛指任何宗教——不是數理化那種可精準計算的方程式。屬於人與精神性靈的規律規則，要透過人去實踐，在踐行中感受它的存在。循這角度去思考，其實不同宗教教義的終極精神都很相似。

至於人間傳播各種宗教的實體——教會；某些教會或存在行為偏差，例如中古時期天主教有贖罪券，近世也曾傳出有宗教人士侵犯兒童的實例，又或者有些教會、宗教處所借宗教名義斂財。像這些事又如何理解呢？我認為純宗教精神本身不會教壞人，但是教義如經由人這中介去傳播，甚至建立教會或寺廟，問題便出在中介身上，正如有人形容，是 pure water pour into a rusty can，因為容器被污染了，灌進去的淨水再倒出來便受污染。無論是任何宗教，如果出問題，關鍵是「人」。由人去控制的教會、去詮釋教義、去設定崇拜的規則及標準，一個不小心，就會出人為「意外」。

人信有上主、有上天，總之是一個比自己大能的存在，我認為是需要的。至於上天的天堂，有些人相信死後會上天堂。而我相信有輪迴，人會再回來。我很好奇，我因何是我？生理上解釋了我如何出生，但我為何是「我」、何以有「我」的命運際遇、脾氣性格，總覺得當中有奧妙。我覺得我是會再回來的，但以甚麼樣的人、甚至形式回來，不知道。

關於輪迴、有前世或前前前世的記憶的個案故事太多了。而在中國人的傳統下，一談到輪迴便可能想起佛教故事中的某些形象，以及稍為警世嚇人的畫面。我的輪迴觀卻不是往地獄與天堂的方向去想，我是覺得人要從而珍惜地球，因為你自己會以另一種形式重回。我很珍惜地球，因為地球的存在太微妙了。《聖經》中提及天堂，我認為天堂不在遠方，就在地球！只是地球被人污染了而已。本來是完美如伊甸園的地方，卻被人用各種方式去破壞及污染，甚至增添戰亂。靜下心來感受地球之美，就不忍心去破壞；它有冷暖天氣之分，有四季之美；一日之內的變化也美妙多變，且看看落日晚霞、夕陽映照下的雲層，那種大自然創造之美，難以用筆墨形容，手機拍下來也不是細緻多層次的原色。大自然為人準備的，誇張地豐富。人有音樂讓你去欣賞，有風景與畫讓你飽眼福，有運動讓你舒展筋骨，有各種食物讓你享用，是上天予人的福氣。造物主讓顏色不是黑白二色，讓聲音多變；不只的，也讓人精神生活上有不同層次的愛。如心中有愛，而且老吾老以及人之老，幼吾幼以及人之幼，心靈

狀態會很美好。所以，天堂也者，根本就在人間。

　　一切看人如何選擇和是否善用。人自己立歪心，受貪嗔痴影響做壞事，是自己破壞自己的機會。

　　不過如果把歷史放眼量，個人生命放在千年、百年來看，命若蜉蝣而已。上天看的是幾千年、幾萬年，跟人的角度不同；以幾千幾萬年做對比，人的一生哪怕有一百歲，也算不上甚麼，只是個很小的比例。看得更長遠，就會知道整個人類的大方向是向好的。很簡單，以女性地位而言，總體是向更文明的方向發展。

　　如有神在的世界仍會起起落落，有人為的大屠殺，也有人為的油輪漏油；這種起起落落是讓人親眼看見，這樣做是不對的，要人去銘記。當然，人會忘記教訓，又或者以為自己一死便了，地球變得多不健康也跟他無關，因此教訓不斷、銘記反思不斷，起起落落也不斷出現。而起落過程是讓人即善去惡，最終向大同世界邁進。我相信輪迴，所以更加相信需要長久地積善和愛護地球。

　　我沒有上教堂或寺廟做禮拜，但我心內有信仰。有種說法認為不信教便上不了天堂，我不這樣看，我覺得如果有一個上天、上主、偉大的造物者，祂會看你的行為是善是惡。而且人間就是天堂。信仰，不分宗教，就在我心內。行好事，就是各種宗教共同的終極道理。有信仰，也不等如已經是被神選定的人，於是可以為所欲為。

　　我是生而對他人的苦困感同身受。年少時，看見別人沒飯吃我會為他感到淒涼。一直以來想幫人是與生俱來的做人態度，不是做了議員、有服務市民的責任才如此。我向往光

明，喜歡與善良的人走在一起……。然而，與此同時，一如一天之中一半光明、一半黑暗，人間世魔鬼的勢力很大。也因此，選擇愛護地球，選擇做好人，以及與生俱來發善念的人，要比其他人更加積極，因為光明不是世界的底子，世界的底子是正邪交戰，而且邪惡佔優勢。所以客觀上一半光明、一半黑暗不要緊，重要是態度；反正一半光明、一半黑暗既然是事實，就努力自己可努力的，而且要在黑暗中看見光明，在挫折中看見希望。正正因為光明不是強勢，地球會被破壞，所以要不斷傳揚正向價值觀。一如我在〈我對「好人有好報，壞人有惡報」的體會〉一文所言，不斷傳揚好人有好報、壞人有惡報，不是我相信它必然在短期內發生；相反，正正因為世道艱難，善惡報應不會半斤八兩，於是更加要用好人有好報、壞人有惡報來引導自己不要沉淪。大家都不沉淪，地球這人世天堂才有救。

總之，心內有上天、有神明，是讓自己有可敬畏的更高存在，令人有所寄託，不至於受困於眼前。做好人的過程是會有失落的，但一切要看長遠，也不要用即時效果去檢測天道之有無。要堅決守好做好人的份，不讓自己墮落為壞人，這已成了我心內一份如宗教般的信仰。

對上天、造物主形成的一套看法，是我一套內自省的「私人哲學」的其中一部份。屬於自己的那套內自省，建構了我的價值觀、人生觀，乃至做人做事的心態。總覺這一套想法，讓我的路可以愈走愈遠，路面也愈走愈寬。凡好事都想與人分享，包括這篇文章內未必成熟的想法。祝願人人都能尋得人世天堂、心內的天堂。

後記

簡單說說工作過程。

2023 年初收到陳健波議員寫自述的邀請，出於長期以來對他的敬重，一口答應，無需考慮。當時心中如稍有忐忑，是知道不容易寫好。對一個我敬重的人，我會為自己的工作加倍要求。

正式動筆是 2023 年 3 月。由 3 月至 8 月，前後工作了半年。他口述，我撰寫。

我給自己很大的良性壓力，情況一如為香港電車工會編撰百年史。高錕教授唯一一本中文傳記，也由我做編輯。一些有份量、意義深遠、價值厚重的題材落到我手上，會深知工作艱巨，但同時十分感恩，一定要把它發揮到最好！

陳健波議員的故事，是個平凡中不平凡的香港故事。說他「平凡」因為他完全沒有背景，一如你我，是出生於普通家庭的香港人。寫他，特別有共鳴。陳議員靠真材實料、刻苦力學，在人生路上一步一步走到今天，是很真實、很扎實的一步一腳印。一個「平凡」香港人可以赤手空拳做到恒生高層、四任立法會議員、行政會議成員，本身就是一本沒有味精的心靈雞湯。他的「平凡」、「普通」，令他的經歷、面對香港變化的感與思，是帶「平凡人、普通百姓」心態的反

思，很香港。而且是愛國愛港、擁護一國兩制下，健健康康的香港味。陳議員的故事，是背靠祖國，同時保留地道香港味的中國香港人故事。

陳議員的「平凡」還反映在近距離接觸，我見證他整個心思沒有名、利、權等等的羈絆，很自然的一個人。在職場及香港政治環境打滾五十年，而可以把自己初心及精神面貌「保鮮」在一個「平凡」人的狀態，多麼多麼難得。

我愈寫愈專心致志，要求自己呈現陳議員的本貌。香港需要陳議員這種人，這種有能力，又同時自自然然、自自然然地正派的人。香港也需要這種清新的故事。

再次謝恩，有幸一而再地遇到好題材。

余非

2023 年 8 月 25 日

我這樣走過來

陳健波自述

口述　**陳健波**

撰寫　**余非**

責任編輯　何宇君

裝幀設計　簡雋盈

排　　版　時　潔

印　　務　劉漢舉

出版

中華書局（香港）有限公司

香港北角英皇道 499 號北角工業大廈 1 樓 B

電話：（852）2137 2338

傳真：（852）2713 8202

電子郵件：info@chunghwabook.com.hk

網址：http://www.chunghwabook.com.hk

發行

香港聯合書刊物流有限公司

香港新界荃灣德士古道 220 - 248 號

荃灣工業中心 16 樓

電話：（852）2150 2100

傳真：（852）2407 3062

電子郵件：info@suplogistics.com.hk

印刷

美雅印刷製本有限公司

香港觀塘榮業街 6 號海濱工業大廈 4 樓 A 室

版次

2023 年 11 月初版

2023 年 12 月第二次印刷

©2023 中華書局（香港）有限公司

規格

16 開（210mm x 145mm）

ISBN　978-988-8860-46-3